W0307839

Andrea Biavardi

Rolando

CAIRO

Dello stesso autore,
nelle edizioni Cairo:

Fuori dal coro
Emilia la dolce
Sangue del tuo sangue

Questa è un'opera di finzione. Nomi, personaggi, istituzioni, luoghi ed episodi sono rielaborati in chiave narrativa dall'autore. Qualsiasi somiglianza con fatti, scenari, organizzazioni o persone, viventi o defunte, veri o immaginari è del tutto casuale.

© 2025 RCS MediaGroup S.p.A., Milano
Proprietà letteraria riservata

ISBN 978-88-309-0570-2
Prima edizione: ottobre 2025

Sommario

ROLANDO

1

La scomparsa

«Pony 8 sei troppo a sinistra! Pony 8 sei troppo a sinistra! Pony 8, dove hai il cervello?! Tira quella cloche! Forza, vira, vira! Ecco, così va bene, avanti col cambio configurazione.»

«Pony 5 stringere. Pony 7 accorcia, accorcia.»

«Ora allineamento per doppio tonneau, via via.»

Le parole di Pony 1 e quelle della biga a terra risuonano nella mia radio sotto il casco. Siamo come i componenti di un'orchestra che deve tenere lo stesso ritmo senza sbagliare una nota e il direttore si esibisce lassù, in mezzo a noi, come noi. Non è facile volare a due metri dall'ala del tuo collega. Se sbagli è un disastro, se non ti piace questo lavoro... sei pazzo e ingrato.

Che ci faccio quassù in mezzo ad altri otto aeroplani a farmi rimbrottare da Pony 1? Sono Pony 8, nome in codice del gregario destro nella formazione a nove velivoli delle Frecce Tricolori, la pattuglia acrobatica nazionale. Nove più il solista, che passa in mezzo a noi quando ci distanziamo.

Ah, dimenticavo di presentarmi: sono il capitano Rolando Gatti, uno di quei pazzi volanti che vi tengono con il naso all'insù durante le nostre esibizioni.

Sì, ho coronato il mio sogno in Pattuglia. È molto lungo

spiegare come, da un piccolo paese della provincia di Modena, sono riuscito a entrare nella più prestigiosa formazione acrobatica del mondo. Ci sono voluti anni di sacrifici, rinunce e un po' di fortuna. Adesso però non dovrei pensare ad altro, dovrei solo prestare molta attenzione ai comandi. Il collega Benigno, Pony 7, sta stringendo a destra e io devo seguirlo per non urtarlo. Intanto, Pony 5 incalza davanti, mentre entriamo in una nuvola e non so che cosa ci aspetta dopo. Saremo allineati? Saremo vicini? Saremo... Ecco, in questi momenti cruciali dovrebbero esistere solo la cloche, l'altimetro e il giroscopio. Sono frastornato mentre incasso 6G di accelerazione. E invece... invece il pensiero vola via, corre a quella ragazza sparita.

Sto pensando a Giulia Robatti, la sorella del mio collega Mario. Lui è al 4° Stormo di Grosseto, pilota gli intercettori Eurofighter e va a caccia di «banditi», come si chiamano in gergo gli aerei non identificati, possibili minacce. Ci conosciamo dai tempi dell'Accademia, corso Turbine 5. L'altro giorno ero in linea volo e stavo controllando la maschera per l'ossigeno con radio incorporata, quando è squillato il cellulare.

Era lui. «Rola, hai saputo niente della mia domanda per venire da voi al 313°?»

«No, queste cose passano solo dall'altissimo, dal generale. Sarai in valutazione, credo. Devi avere pazienza.»

«Sì, lo so. Sono mesi che aspetto. Intanto, credimi, non mi annoio. Si decolla ogni giorno. È che è proprio un brutto periodo e... in realtà non ti chiamavo per questo. Volevo dirtelo: mia sorella è sparita da un mese. Vive in Olanda da tempo, ma va spesso a trovare i nostri genitori su in Veneto. Niente, volatilizzata. La sera prima tutto bene. Ha cenato con i nostri genitori su, a Pieve di Soligo. La mattina si alzano presto. Lei non c'è. È fanatica del jogging, quindi pensavano fosse a correre tra i campi. Passa un'ora, ne passano due, niente. Provano a chiamarla al cellulare. Spento.»

«Hanno avvertito i Carabinieri?»

«Lo ha fatto papà.»

«E loro cosa hanno risposto?»

«"Signor Robatti vedrà che si rifarà viva quando meno se lo aspetta, le ragazze d'oggi sono tutte così strane..." "Guardi che mia figlia ha trentadue anni, non è più una sbarbina, è laureata, lavora." "Se entro quarantotto ore non avrete notizie, attiveremo la procedura prevista per questi casi." Procedure. Capisci? Gli hanno parlato di procedure, come le nostre prima del decollo: controlli esterni, controlli motore. Insomma, una specie di check-list. Ma mia sorella non è un caccia: è una persona.»

«Calma, calma, l'Arma non dorme, sanno quello che si fa in questi frangenti. Però ti posso dire, perché l'ho letto sui giornali, che in queste emergenze si parte dal profilo psicologico della persona scomparsa. Si cerca di capire se era depressa, se manifestava motivi di fuga, anche se era solo un po' strana. Evidentemente dopo tutti questi anni, mi è difficile immaginare che persona sia diventata tua sorella. Aveva dei problemi? Che idea ti sei fatto tu, da fratello?»

«Nessuna. Non so spiegarmi niente. Giulia era attaccatissima ai nostri genitori e non posso pensare che li avrebbe abbandonati su due piedi, sapendo quanto ci avrebbero sofferto. Posso però confermarti che ultimamente sembrava molto giù. Telefonava continuamente a mamma e a papà, voleva andare a trovarli su a Treviso e, sempre più spesso, vi rimaneva anche per un mese. Si sentiva stressata, si lamentava genericamente con il mondo che non la capiva. Ripeteva ossessivamente che la scienza non è per tutti, che il mondo non è responsabile. Discorsi apparentemente senza senso. Insomma, era in crisi. La mamma però non voleva sentir parlare di crisi, nemmeno dopo quello che è successo.»

«Cosa intendi?»

«Ah, non lo hai saputo? Da quant'è che non hai notizie di Giulia?»

«Parecchio, almeno otto anni. Anzi, ho molto apprezzato che tu non accennassi mai a lei nei nostri incontri, dopo quello che sai bene. La verità è che tra me e Giulia... Lasciamo stare. Spiegami.»

«Allora è giusto tu sappia tutto. Mia sorella a ventotto anni ha incontrato un imprenditore agricolo di origini nobili, famiglia veneziana di spicco. Sono parenti nemmeno troppo alla lontana di tre Dogi. Tanto per capirci: palazzo sul Canal Grande, tenute un po' ovunque. In una di queste si produce un vino rosso che ha preso tre cappelli nella guida americana *Wine Spectator*. Insomma, uno importante, uno in vista nel bel mondo, tanto che finiva spesso sulle pagine dei settimanali per le sue frequentazioni vip con belle donne. Che cosa mia sorella avesse trovato in lui non l'ho mai compreso. A parte il fatto che è alto, bello, charmant, uno che saluta le donne facendo il baciamano. Oltre ai soldi... Suppongo parlassero di agricoltura, forse l'amore per la terra è stato il collante tra di loro. Giulia è sempre stata fiera delle nostre origini umili. Anche noi, lo sai, siamo figli di contadini. Certo, nelle vigne di papà arriviamo al massimo a un discreto prosecco da supermercato. Fatto sta che, passato qualche mese, si sposano. Una cerimonia alternativa con i piedi nella sabbia al lido, viaggio di nozze in Africa, per donare un pozzo a una popolazione locale. Ritornano e tutto sembra andare per il meglio. Poi, dopo qualche mese, lei dice agli amici che la fiaba è già finita, che non vanno più d'accordo.»

«Motivo?»

«Il solito tra le coppie. Da quel poco che ho capito lui la rimproverava di pensare solo al lavoro. Sai, Giulia si è laureata in Ingegneria informatica al Politecnico di Milano con il massimo dei voti. Appena laureata ha fatto un master negli Usa, poi ha trovato lavoro in una startup olandese. Credo si occupino di intelligenza artificiale e delle sue infinite declinazioni nel mondo civile. Di più non so, sono mondi a me molto lontani. Ricordi? In Accademia non ero proprio una cima in analisi. Ho rischiato di passare la prima estate dentro, invece di andare in licenza. Invece lei aveva la tipica mente matematica: fredda, lucida, razionale. Da piccola la chiamavamo Einstein perché il primo libro che si fece regalare a otto anni era un bignamino sulla relatività generale. Orbite dei pianeti, buchi neri, ne era affascinata. Insomma, stava facendo carriera. Era spesso all'estero.»

«Ora capisco. I soliti litigi tra una donna e un marito che vuole la moglie un passo indietro rispetto a sé.»

«Fatto sta che, dopo tre anni, lei ha deciso di troncare la relazione e se n'è andata di casa.»

«Succede: qual è la notizia clamorosa?»

«La notizia, tragica oltre che clamorosa, è che lui, un mese dopo, si è tolto la vita. Si è sparato un colpo in testa con un vecchio revolver del padre.»

«Madonna mia. E lei?»

«Devastata dai sensi di colpa. Continuava a ripetere: "L'avessi saputo, l'avessi immaginato...". Ho tentato di rincuorarla, inutilmente. Tutti quelli che la conoscono le ripetevano che sono gesti impossibili da prevedere. E che forse c'era sotto dell'altro. È venuto fuori, infatti, che l'azienda agricola del marito non era affatto in buone acque. In seguito a un mancato finanziamento da parte della Ue sulla conversione delle coltivazioni in biologico, mancavano all'appello otto milioni di euro già anticipati. Si configurava concretamente il collasso finanziario. Niente. Da allora si è chiusa nel mutismo più totale, schiacciata dai sensi di colpa e si è buttata a capofitto nel lavoro. La sentivo pochissimo. Ma non è finita qui.»

«Cioè?»

«Dunque... Luciano, il conte intendo, che fa Visintin di cognome, si è sparato il 24 febbraio. Ebbene Giulia è scomparsa il 25 febbraio. Capisci? Esattamente un anno dopo!»

«Una coincidenza incredibile, forse è proprio solo una coincidenza. Non penserai che ci sia un nesso tra le due cose?»

«Voglio augurarmi che non ci sia perché sarebbe davvero spaventoso. Saremmo di fronte a una sorta di vendetta famigliare. Guarda, la mente in questi frangenti è incontrollabile. Ho immaginato il peggio. È meglio se cambiamo discorso.»

«Come cambiamo discorso? È un'ipotesi da non scartare affatto. Te la butto lì: come aveva reagito al tragico gesto la famiglia di lui?»

«Male, molto male. Telefonate, telefonate continue, messaggi, soprattutto della sorella maggiore di Visintin, una contessa che vive in Spagna. Poi chiamate di parenti più o meno stretti di cui ignorava l'esistenza. Le davano della prostituta, le peggiori frasi che non ripeto per decenza. Sono arrivati a pubblicare la foto di mia sorella su Facebook con la scritta: "Iena, ora sarai libera di muoverti liberamente sulle carcasse dei morti e razziare".»

«Pesante, lo ammetto, i soliti odiatori da tastiera. E tu, hai cercato di confortarla?»

«Lo sai com'è mia sorella: testa dura, orgogliosa, indipendente. La chiamavo spesso. Invariabilmente rispondeva: "Non ora". Poi, lo ammetto, il servizio mi ha travolto. Hai saputo della nostra missione nei Paesi Baltici?»

«Dimenticavo che vi hanno rischierati con gli Eurofighter lassù. Sei rimasto quattro settimane se non sbaglio... Com'è andata?»

«Pazzesco. Scramble ogni giorno, anche due al giorno. Sono arrivato quasi a vedere negli occhi il pilota di un Mig che faceva lo stronzo a ventisettemila piedi. Mi sembrava di vivere in uno di quei film alla *Top Gun*, invece era realtà. Per fortuna erano solo smargiassate per farci incazzare. Ma di questo parliamo a voce.»

«Sì, scusa torniamo a tua sorella: ora come hai intenzione di muoverti?»

«Mi sono rivolto all'associazione Penelope, attiva nelle ricerche delle persone scomparse a livello nazionale. Fanno quello che Polizia e Carabinieri dovrebbero fare subito e invece rimandano. Parlano ai giornali e in televisione, tengono viva l'opinione pubblica sui singoli casi. Sono bravissimi e non chiedono un centesimo. Ho appuntamento in questi giorni a casa dei miei con una criminologa e un legale del gruppo. Ti tengo aggiornato se vuoi. Per altro, se ricordo bene, in Accademia mi raccontasti che, prima del concorso per Pozzuoli, avevi fatto un pensiero anche all'Accademia di Modena come allievo ufficiale carabiniere.»

«Sì, ti devo confessare che le indagini, le investigazioni mi hanno sempre intrigato. Se non avessi indossato la divisa azzurra, forse oggi sarei proprio un carabiniere. Meglio così. O no? Chi può dirlo?»

Ricongiunzione, allineamento a rombo, passaggio finale e... Uno, due, tre: bottone sul cockpit e fuori i fumi. Dal mio MB.339 spunta quello di colore bianco che forma la bandiera italiana insieme al verde a sinistra e il rosso a destra. Voi lo vedete in basso a destra, io lo immagino e, se non sento indicazioni dalla biga a terra, in testata pista, dove opera il comandante del 313° Gruppo addestramento acrobatico, vuol dire che sta procedendo tutto secondo copione.

È il comando finale di ogni esibizione, quello impartito da Pony 1 per disegnare la bandiera tricolore nel cielo. Lo so che a voi laggiù piace da pazzi. Ho visto i filmati che girano in rete con la colonna sonora di *Nessun dorma* («All'alba vinceròòò») cantata da Pavarotti. Per noi, lassù, la fumata è la cosa più facile. Basta tenere la cloche ferma, si procede in formazione e poi c'è il rompete le righe. Ancora tutti a rombo per qualche minuto, quindi si torna a casa, rigorosamente in fila per posizione. Quindi si atterra nella base vicina, designata per il rischieramento, visto che i nostri jet hanno autonomia limitata.

Oggi ci siamo esibiti a Venezia e la base di appoggio, guarda un po', è Istrana, sede del 51° Stormo. Mentre sto facendo l'apertura, cioè il giro sopra la pista prima di far uscire il carrello, arriva l'ok: «Pony 8 autorizzato all'atterraggio, pista 27». Flap fuori, velocità novantacinque nodi, giù le ruote, due colpetti di freno dalla pedaliera... Dovrei pensare solo ad atterrare e a portar fuori il mio velivolo dal raccordo di rullaggio, per far atterrare i compagni. Ma mi tornano in mente quelle parole: «Giulia è sparita». Il marito suicida, lei depressa, la sua laurea in Ingegneria informatica, l'intelligenza artificiale, la famigerata svolta che cambierà le nostre esistenze. In meglio o in peggio? Chissà che cosa ci fa un'ingegnera informatica con un nobile *vigneron*? La staranno cercando o pensano davvero a un allontanamento volontario? Da qui a Conegliano sono due passi. Lo devo a Mario. Anche a Giulia. Quanti ricordi...

2
Le prime indagini

Il più forte risale a dodici anni fa. È una fotografia indelebile. Quegli occhi a mandorla, quel nasino impertinente, gli zigomi triangolari. Li ho incrociati una fredda mattina di marzo, alla cerimonia del giuramento in Accademia, corso Turbine 5. Sul piazzale degli eroi, a Pozzuoli, eravamo tutti impettiti, divisa perfetta, galosce bianche, mitragliatore in spalla (scarico ovviamente), pronti a sposare Mamma Aeronautica per sempre. Finché Dio o Alitalia non ci separi. Dopo l'urlo di rito abbiamo lanciato in aria i cappelli, ci siamo abbracciati. Io sono corso dalla mia mamma, che non stava nella pelle. Papà, purtroppo, non ce l'ha fatta a vedermi allievo ufficiale. Ci teneva tanto. Era un operaio specializzato alla Scaglietti di Modena, azienda satellite della Ferrari. Se n'è andato per un tumore quando avevo dodici anni. Purtroppo in Italia è un'ecatombe. Mentre mia mamma baciava le altre, tu, caro Mario, mi sei corso incontro e, dopo una di quelle tue strette di mano da finire dall'ortopedico, mi hai detto: «Ehi, Rola, ti presento Giulia, mia sorella».

Lunghi capelli neri, pettinati con uno stile un po' anni Cinquanta, onde all'insù, cadevano sul suo vestito scollato giallo. Mi è mancato subito il fiato. Le ho detto la prima banalità che mi è venuta in mente: «Giulia, che bel nome, ti chiami come la famosa attrice, Julia Roberts. Sei più bella di lei: hai mai pensato di recitare in un film?».

«Sì, *Galline in fuga*, così sistemo i polli come te, quelli che, non avendo le ali, pensano a librarsi, invece di stare con i piedi, anzi con le zampe, per terra. Ogni riferimento a fatti e persone non è casuale.»

«Per la verità noi chiamiamo i futuri piloti pinguini, proprio perché, come i simpatici uccelli, hanno già le ali, ma sono piccole e non possono volare in alto nel cielo. Ma perché ce l'hai tanto con quelli che aspirano ad avere l'ufficio tra le nuvole?»

«Perché siete monocorde, tutti uguali a mio fratello Mario: vivete con la testa tra le nuvole. Non parlate d'altro: eliche, pistoni, F-104, C-130 e altre sigle ignote. La stanza di mio fratello sembra un hangar: ci sono soltanto fotografie di aeroplani. I ragazzi di solito passano le ore a giocare a calcio, correre in bicicletta, vanno in discoteca. Lui, dall'età di nove anni si faceva portare a Istrana, vicino a casa nostra, per vedere decollare o atterrare gli aeroplani militari. Ha preso il brevetto a sedici anni, ben prima della patente, ha frequentato l'istituto aeronautico. A diciotto anni appena compiuti ha iniziato a parlare del concorso in Aeronautica e... il resto lo conosci meglio di me. Lo ha vinto ed è qui con te, che sei un suo collega di corso. Ora parla di etica, onore, disciplina, primo corso, aspiranti, aquile con corona e senza corona. Scommetto che anche tu hai questa fissa monotematica.»

«Se sostituisci la Scuola Militare Aeronautica Douhet con il liceo classico, il percorso è simile. Ma io ho un'aggravante. Per un po' ho pensato di tentare il concorso a Modena come ufficiale dei Carabinieri. Ho la divisa nei cromosomi. Considero il civile come una persona meno fortunata, perché si veste sempre allo stesso modo, mentre noi abbiamo abiti civili e abiti militari. Due facce in un corpo solo.»

«Sì, sì, marciate compatti verso l'intruppamento.»

Incurante, le baciai la mano all'antica e le sussurrai: «Se me lo concedi ti accompagno in visita all'Accademia. Magari scoprirai che qui non siamo tutti matti fanatici».

Salimmo al primo piano nella sala motori. Poi nell'aula di tecnologia, dove erano esposti spaccati di motori aperti per lo studio. No, non era seccata, anzi sembrava molto interessata agli aspetti tecnologici del nostro mestiere. Presto fummo sulla terrazza che s'affacciava sul golfo di Pozzuoli. C'era un bel vento che spazzava il mare e increspava leggermente le onde. Fu lì che accadde il fattaccio. Le presi la mano in un gesto di cortesia. Forse. Lei la ritrasse di scatto, portò il capo all'indietro e scosse i capelli neri, ma non sembrò arrabbiata. Anzi, fece scivolare le sue dita tra le mie e ripristinando il contatto.

Poi mi disse: «Siete noiosi, ma, ve lo riconosco, siete anche tanto sognatori e sognare fa bene. Vi invidio, perché avete la luce negli occhi e ben chiaro in mente che cosa sarete, che cosa farete, dove andrete. Per lo meno dove vorreste arrivare. Io invece... sai qual è l'unica cosa che mi interessa del vostro mondo? Il cockpit degli aeroplani. Sono affascinata dalle luci, dagli strumenti, da quei congegni elettronici. Ecco perché mi sono iscritta alla facoltà di Ingegneria a Milano. Avremo modo di parlarne, se vorrai. Una domanda, però, te la devo proprio fare: pensi mai che un giorno, dal vostro caccia, potreste sganciare bombe su civili inermi? Che cosa vi insegnano in Accademia sul conflitto etico? Sul bivio a sinistra o a destra, in nome del bene comune? Sul concetto di autodeterminazione? Potresti convivere con questo senso di colpa?».

Non ero francamente pronto per affrontare temi così complessi, per prendere lezioni da una ragazza così giovane e dolce, ma anche tanto più matura di me. Ecco, ripensando a ciò che mi aveva riferito Mario sulla sua scomparsa, ricordai quando l'avevo già sentita parlare di sensi di colpa, di decisioni etiche.

Avrei voluto risponderle, da manuale, che l'Italia ripudia la guerra come strumento di risoluzione delle controversie, ma sapevo che sarei suonato retorico, come se avessi recitato un copione. Avrei potuto aggiungere che la nostra Forza Armata difende e non attacca e che il mio sogno era diventare un intercettore, cioè un pilota che sale in cielo per sventare una potenziale minaccia, non per uccidere innocenti. Avrei potuto risponderle che si entra all'Accademia aeronautica attirati più dal mito di Icaro e dei fratelli Wright che da Napoleone e il generale MacArthur. Che i militari odiano la guerra, perché ne conoscono le conseguenze devastanti. Avrei potuto dirle tante cose…

Oggi tutto mi torna alla mente. Sensi di colpa, etica. Era forse stata travolta da questi sentimenti dopo una, immagino, dolorosa separazione? Possibile che i suoi demoni l'avessero spinta a fuggire, addirittura fino a compiere un gesto estremo?

In questo momento provo il rimpianto di non essere diventato un ufficiale dei Carabinieri. Potrei essere parte attiva nelle indagini. Dare il mio contributo. Invece sono un pilota di caccia, anzi oggi nemmeno quello. Da due anni sono un funambolo del cielo. Ma posso rendermi utile lo stesso, almeno moralmente. E lo sarò.

La strada che porta a casa Robatti è poco più di un sentiero di campagna, polverosa, si inerpica sulle colline venete, nelle quali cresce e prospera l'uva del prosecco. Due colline sono baciate dalla fortuna e da Dio. Essendo più esposte al sole favoriscono una gradazione maggiore che regala il celebre Cartizze. I Robatti non hanno questa fortuna, se la cavano con quindicimila bottiglie di Prosecco Docg, quanto basta per vivere dignitosamente. Nel cortile di casa sono parcheggiate tre automobili, più quella militare dei Carabinieri. Entro? Certo che entro, sono qui apposta. Suono al portone, viene ad aprirmi mamma Elisabetta. Papà Renato non c'è.

«Rolando, tesoro, che piacere dopo tanto tempo. Mi conforta rivederti. Scommetto che sei qui per Giulia...»

Piange, non si trattiene. «Entra, ti prego, entra, c'è un po' di gente.»

In salotto sono seduti attorno a un tavolo, come a una riunione di guerra, un maresciallo dei Carabinieri, un suo sottoposto, un uomo sui cinquanta, stempiato, con una vistosa pinguedine mal celata da una camicia bianca. Accanto a lui una donna alta, bionda, splendidi occhi azzurri, in tuta blu, indossa scarponi neri di tipo militare-tattico. Sì, è proprio lei, Roberta Zambrone, la celebre criminologa che vedo spesso in televisione. Dicono sia molto ferrata in fatto di sparizioni. Ha una strategia d'indagine consolidata da anni di esperienza, spesso opera dietro le quinte, senza cercare i riflettori che invece cercano sempre lei. È una seria.

Ci presentiamo e quando sanno che sono un militare, amico di famiglia, un ufficiale, decidono di mettermi al corrente del loro briefing.

A parlare è proprio lei. In modo quasi meccanico, ma molto efficace: «Sono trascorse quattro settimane dalla scomparsa di Giulia. Non è arrivata alcuna rivendicazione, nessuna chiamata. Il soggetto è una professionista, guadagna bene, ma non è certo ricca. I genitori sono commercianti agricoli. Reddito dichiarato centocinquantamila annui. Dunque è da escludersi il rapimento a scopo estorsivo. Allontanamento volontario? Non è da escludersi, ma solo con un preciso profilo personologico in mano si può capire che momento stava attraversando il soggetto. Depressione, impulsi suicidari, va verificato tutto. Spesso le tracce più importanti del disagio sono contenute nel telefono o nel computer, ma non ce n'è traccia né dell'uno, né dell'altro device. Quindi è uscita con il cellulare e potrebbe averlo perso, oppure potrebbe esserle caduto. Ma anche da spento avremmo potuto rintracciarlo attraverso l'Imei, il codice identificativo. Abbiamo i nostri mezzi. Le celle telefoniche sono come la pista di Pollicino. Registrano i movimenti delle persone con precisione impressionante. Salvo che dal cellulare non venga rimossa la batteria: allora è buio profondo».

«Scusi, dottoressa, dove vuole arrivare?»

«Delle due l'una: o Giulia se n'è andata e non vuole farci sapere dove e come. Oppure...»

«Oppure?»

«Qualcuno con discreti rudimenti di elettronica l'ha presa e si è premunito di cancellare le ultime tracce. Qualcuno che voleva farle del male, devo supporre, qualcuno con intenzioni bellicose.»

«Abbassi la voce, la prego, non si faccia sentire da sua madre che è già disperata. Me lo dica in un orecchio: lei pensa davvero il peggio?»

«Non penso niente, adesso. Niente di definitivo, però stiamo lavorando al caso da quarantotto ore e un'idea me la sono già fatta.»

«Posso esserne messo al corrente?»

Il maresciallo annuisce. La criminologa riprende. «Abbiamo scoperto che la signora Giulia tempo fa ruppe fragorosamente il suo matrimonio con il conte Visintin. In seguito lui si tolse la vita. Guarda caso, un anno esatto dopo lei scompare. Nei casi di cronaca due più due non fa sempre quattro, ma spesso lo fa.»

«Sta accusando la famiglia del marito di un delitto ispirato dalla vendetta?»

«Non sarebbe il primo. Non so se ha mai sentito parlare di Maria Tindaro. È una donna calabrese sparita di casa nelle stesse circostanze: il divorzio, il marito che si toglie la vita, lei che scompare mentre si reca nell'azienda meccanica di famiglia, di cui voleva occuparsi in prima persona. Esattamente un anno dopo. È stata rinvenuta la sua auto sporca di sangue davanti al cancello della fabbrica. Cellulare sparito, niente computer. Non è mai più stata trovata. Per la verità è stata seguita anche un'altra pista. La sua attività faceva gola alla 'ndrangheta e queste vecchie organizzazioni criminali non si fermano davanti a niente. Oltretutto agiscono seguendo rigide regole maschiliste: difficile venga tollerata una femmina a capo di un'azienda. In seguito è stato accertato che l'ha fatta eliminare la famiglia del marito.»

«Sì, ho sentito parlare di questo caso, ma lei stessa mi dice che è accaduto in Calabria. Ora, lontano da qualunque stereotipo regionale, visto che ho colleghi calabresi ligi al dovere come pochi e di specchiata onestà, con mentalità assolutamente aperta e moderna, qui siamo in Veneto. Possibile che anche nel profondo Nord resista il delitto d'onore, seppure per procura?»

«Io non faccio la sociologa, mi occupo di crimini. Quindi non trascuro niente per principio. La prassi in questi casi è partire dalla cerchia più stretta di conoscenze e parentele, per poi allargare eventualmente il cerchio. Quindi abbiamo chiesto, anzi in nostra vece lo ha già fatto l'Arma, di intercettare tutte le telefonate in partenza e in arrivo dai cellulari dei parenti più stretti dell'ex marito. Non so se il magistrato, poi, vorrà concedere anche l'uso di cimici nelle loro auto, nelle loro abitazioni, nei luoghi che frequentano. Faremo richiesta.»

Il maresciallo si limita a un significativo cenno di intesa.

«Ed è già emerso qualcosa?»

«Sì. Cecco Visintin, fratello del defunto, commenta così, con un conoscente, la scomparsa di Giulia: "Speriamo la gettino in pasto ai maiali".»

«Terribile!»

«Non è finita. La sorella, la stessa contessa che postava insulti sui social, si lascia andare con un'amica a un esplicito: "Vorrei averla strozzata con le mie mani".»

«Cosa aspettate? Sono stati loro!»

Il maresciallo interrompe il suo silenzio: «Per arrestare qualcuno ci vogliono prove, prove solide che poi siano spendibili in un processo. E poi, signor capitano, si procede in altro modo».

«Vale a dire?»

«Si lascia briglia lunga, non si sveglia il can che dorme. Nella speranza che qualcuno si tradisca.»

La criminologa: «Esatto. Ma ora scusatemi, sta per andare in onda un servizio sulla scomparsa di Giulia al tg regionale del Veneto».

Accendono il televisore, proprio mentre la conduttrice annuncia la scomparsa della «bella ingegnera, originaria di Conegliano, che vive all'estero ma conserva profondi legami con le sue radici».

Mandano in onda una sua fotografia. Mi fa lo stesso effetto di un blocco motore: sto precipitando. Con la differenza che dalla carlinga di un 339 posso tirare le cinghie, eiettarmi e affidarmi al paracadute. Invece sono qui, inchiodato alla sedia, immobilizzato dai ricordi e dai rimpianti.

Hanno scelto un'immagine di qualche anno fa, quando Giulia era ancora una ragazza e indossava una bella collana d'oro disegnata da una celebre griffe del lusso. La conoscevo bene, perché gliel'avevo regalata io tanti anni fa. Mi era costata un mese di indennità di volo, ma ne valeva la pena, vale sempre la pena vedere gli occhi felici di una donna, anche se, sia detto, non serve necessariamente un gioiello.

Dopo tre minuti, terminato il servizio, la criminologa interrompe di nuovo il silenzio.

«Sono stati di parola. Abbiamo chiesto aiuto a tante televisioni e ciò può essere molto utile alle indagini. Ed è un modo per tenere viva l'attenzione sul caso. Un altro passaggio importante, comunque, è stato diramare l'appello anche alla redazione di *Chi l'ha visto?* La Sciarelli è eccezionale, puntuale e professionale. Lei il giornalismo lo vive quasi come una missione sociale. Hanno mostrato in trasmissione la fotografia di Giulia per quattro volte nel corso dell'ultima puntata, invitando i telespettatori a farsi vivi. Dio solo sa quanti casi hanno risolto.»

Proprio in quel momento, squilla il telefono del cinquantenne seduto a fianco della criminologa. Non si era presentato verbalmente, ma sul biglietto da visita che mi aveva messo in mano c'era scritto: AVVOCATO NICOLÒ GENTILI, VICEPRESIDENTE OPERATIVO DI PENELOPE ITALIA. Porta il dito al naso, facendo il classico segno di zittirci. Poi a bassa voce. «È proprio *Chi l'ha visto?...*»

«Sì, la sento... Come dice? Avete una segnalazione? Da

dove? Ma è attendibile? Ah, corrispondono dati somatici e perfino abbigliamento? Bene. E a quando risale? Due mesi fa? La ringrazio vi terremo aggiornati.» Due mesi fa, cioè circa trenta giorni prima della scomparsa.

Rimaniamo tutti con il fiato sospeso. L'avvocato chiama la mamma di Giulia.

«Signora, sua figlia ha amici, conoscenti, fidanzati, interessi di vario genere in Puglia?»

«Che io sappia no. Perché?»

«Insisto: le risulta sia devota a Padre Pio?»

«No, guardi, mia figlia non va a messa dall'età di dieci anni, a meno che non abbia avuto una folgorazione sulla via di Damasco.»

«Eppure è stata vista dalle parti di San Giovanni Rotondo, in provincia di Foggia.»

«Ma dove, vicino al celebre santuario?»

«Nei pressi. Qualcuno ha visto sulla *Gazzetta del Mezzogiorno* una fotografia che ritrae alcune persone vicino alla base di Amendola. Una di queste persone sembra proprio lei. La Polizia locale si è già mossa.»

Mi sento quasi svenire ma il maresciallo mi risveglia dallo choc. «Capitano, lei è un ufficiale dell'Aeronautica, se non sbaglio è anche commilitone del fratello della signora. Lui è forse di stanza ad Amendola?»

«Affatto, Mario è di stanza al IV Stormo di Grosseto.»

«Che cosa c'è allora ad Amendola?»

«La sede del 32° Stormo, una base molto importante. Vi operano i caccia F-35 di quinta generazione, una macchina modernissima, invisibile ai radar, con cui possiamo dire che la Forza Armata ha fatto un grande salto di qualità, anche se adesso, con una donna scomparsa, non mi sembra il caso di approfondire questi temi. Il resto nella base è segreto militare. Ma mi spieghi meglio: in che contesto è stata segnalata Giulia in quella zona?»

«Partecipava a una marcia pacifista, pare inneggiante contro la guerra in Ucraina. Alcuni di loro esponevano un curioso cartello su cui c'era scritto TREMATE, TREMATE, LE NUOVE STREGHE SON TORNATE. Che cosa significhi francamente non lo so e non conosco altri particolari, ma non sarà difficile scoprirli.»

Amendola, Aeronautica, aerei, casa mia: che cosa ci facevi lì? Proprio tu che odi gli aeroplani, le divise, tutto ciò che sa di militare. O eri lì proprio perché li odi così tanto, ci odi così tanto? Oppure odi solo me? E perché manifestare proprio ad Amendola, da cui partono gli F-35, alcuni diretti in Estonia. Vanno a difendere i cieli di quel Paese, sono mezzi di pace. Ricordi i nostri vecchi discorsi? Io difendo la pace, vigilo contro i nemici.

È il maresciallo, questa volta, a interrompere i miei pensieri.

«Capitano, non c'è altro ad Amendola? Che ne so, postazioni segrete, laboratori dove si studiano virus letali, satelliti spia, insomma diavolerie di questo genere che possano suscitare l'interesse simbolico di un gruppo di pacifisti...»

«Non mi risulta. Un tempo era una delle più importanti basi di addestramento avanzato sugli aviogetti. Oggi è operativa con questi caccia. Noi dell'ambiente sappiamo che è una base molto avanzata dal punto di vista dell'operatività, ma nient'altro. Se mi avesse detto Sigonella, Aviano, allora le avrei risposto che lì ci sono anche gli americani, storicamente nel mirino dei pacifisti. Anche perché resiste la vulgata che quelle basi nascondano anche missili nucleari. Tema sul quale, comprenderete bene, non mi è affatto consentito fornire informazioni, men che meno esprimere giudizi di natura geopolitica come alcuni di noi fanno. Sbagliando.»

È giunto il momento di togliermi di mezzo. La solidarietà rischia di venire scambiata per morbosa curiosità. Così, dopo aver abbracciato la signora Elisabetta, saluto tutti e mi avvio verso la porta. Devo rientrare a Istrana, domani mi aspetta una giornata impegnativa: è in programma un'esibizione su Bergamo. Quindi, dopo il briefing meteo mattutino per informarci sulle condizioni atmosferiche, seguirà il rischieramento a Ghedi, in provincia di Brescia, e poi il solito copione.

Varco la sbarra di controllo, raggiungo il mio alloggio di servizio, mi distendo sul letto. Non faccio in tempo a rilassarmi che ricevo una chiamata del collega, il maggiore Franco Sensi di Montemagno. Nome in codice: Pony 0, il solista. È quello, per intenderci, che sbuca dal niente e si infila tra di noi mentre ci apriamo a pioggia ed esegue manovre spericolate.

«Uella Rola, sei andato a caccia di prede?»

«Lasciamo stare, incombenze molto meno divertenti.»

«Me ne parli domani. Oggi buone notizie: è arrivato un cablo dallo Stato Maggiore. *Habemus* Pony 7!»

«Fantastico, prima del previsto. E chi è, lo conosco?»

«Non lo so, ma la conoscerai.»

«Perché *la* conoscerai?»

«Rullino i tamburi, squillino le trombe: le Frecce Tricolori aprono al genere femminile! L'inclusione è completata: dopo sessantantré anni, volerà in formazione con noi la prima pilota donna nella storia della Pattuglia. Sei contento?»

«Se sa fare il suo mestiere sinceramente me ne infischio. Per curiosità, da dove viene?»

«Da Amendola. È il capitano Sara Banfi, anni trenta. Ti leggo la scheda: ore di volo milleseicento, su T-38, MB.339,

Eurofighter e F-35, corso Zodiaco 5. Se non fosse politicamente scorretto direi: una con due palle così! Pensa che è appena tornata dall'Estonia e raccontano che ha avuto un'esperienza pazzesca.»

«Cioè?»

«Dunque, decolla in scramble per intercettare un velivolo civile proveniente da Mosca che si avvicinava al confine estone. Non risponde alla radio, il transponder, il segnalatore di posizione, è guasto. Dalla base le mandano l'alert: "Bandit". Lei raggiunge quota ventottomila piedi e si trova di fianco a un aeroplano che sembra uno zombie. Muto e cieco. Agita le ali, lo supera, lo aspetta, mentre il suo gregario sta in posizione di difesa. Niente. Insiste, si mette in coda, non può rompere il silenzio radio. Vanno avanti così per due lunghi, interminabili minuti. Vista la situazione internazionale c'è da diventare vecchi di colpo. Lei non si scompone. Poi ha un lampo di genio. Si mette in coda al bandito. O forse il colpo di genio ce l'ha il pilota dell'aereo non identificato: le luci delle ali lampeggiano a intermittenza. Lei capisce l'antifona al volo: non è un'anomalia, ma il vecchio alfabeto morse. "Guasto elettrico, amici, non sparate". Tutto chiarito: banali inconvenienti di quelle macchine con troppi aggeggi elettronici e computer da mal di testa. La situazione è sotto controllo, l'aereo può andarsene verso la Polonia, dove atterra due ore dopo. Hai capito che sangue freddo ha la signorina? Aveva fatto domanda di essere assegnata al 313° di Rivolto e l'hanno accolta. A parte questo episodio se lo merita. Tre volte capocorso, sciabola d'onore. Siamo nel futuro, capitano.»

«Per me il futuro è da sempre il presente. Quando un collega o una collega ha finito l'Accademia, si è messo le strisce da ufficiale alle maniche, ha preso l'aquila turrita e l'hanno dichiarato "combact ready" il sesso alla cloche conta veramente poco. L'inclusione di genere non può essere forzata, si fa sul campo. Da noi non c'è spazio per le chiacchiere e se alcuni generali ne facessero di meno...»

«Bravo, sono d'accordo. Ma dobbiamo pur comunicare la novità. L'immagine della Forza Armata ne avrà enorme beneficio: altro che film alla *Top Gun*! Domani daranno il grande annuncio alla stampa. Verranno appositamente da Roma il gran capo dello Sma in persona e il comandante del 5° reparto. Sarà un giorno memorabile. Una... manfrina fantastica e inutile, ma ai papaveri piace così. 'Notte Rola.»

«'Notte Franco.»

Una donna freccia: davvero notevole. «Il mondo cambia, vecchio mio» mi ripeteva spesso l'istruttore di volo quando ero alle prese con la navigazione strumentale. Elettronica, caschi interattivi, analisi e algoritmi. Il progresso è nel Dna di noi piloti. Eppure, al di là delle macchine, il pilota ha sempre la sua importanza. Si chiama «fattore umano» e nessun algoritmo lo manderà in pensione. Ecco un esempio, quello di Sara. Vecchia scuola, alfabeto morse. Non lo usavo dal primo anno d'Accademia, corso di storia della navigazione. Brava veramente. Ora però dovrò comunicare a Mario che Pony 7 sarà lei. La prenderà male, ma la vicenda di sua sorella credo abbia la priorità su tutto. Anche sulle sue legittime ambizioni di carriera. Chissà se Giulia è fuggita di sua volontà, se l'ha fatta finita. O se la tengono prigioniera, per chissà quale motivo. In questo ultimo caso, se Giulia potesse usarlo quell'alfabeto, sapremmo dov'è. Punto punto punto, linea linea linea, punto punto punto... Manda un segnale, cara mia. Mandalo se puoi. Seguiremo le luci. Punto punto punto, linea linea linea, punto punto punto.

3
Mistero

Hengelo è una piacevole località di circa ottantamila abitanti, situata nel sud-ovest dell'Olanda, quasi al confine con la Germania. Fuori dai circuiti turistici tradizionali, che prevedono Amsterdam, L'Aja e rilassanti gite in bicicletta nei sentieri che costeggiano gli innumerevoli canali dello Stato dei Paesi Bassi, tempo fa la cittadina era salita alle cronache nazionali e internazionali per un fatto alquanto insolito. Un piccolo industriale della zona, di origini tedesche, aveva deciso di lanciare un proficuo commercio in un settore merceologico piuttosto insolito: reni umani. Non si trattava di attività illecita. La legislazione olandese non regolamentava questo commercio. L'ambizioso imprenditore, senza infrangere leggi, acquistava all'estero reni, per lo più da Paesi poveri. I «donatori» venivano condotti a sue spese in Svizzera, in una clinica di Berna, dove avveniva l'espianto. L'organo veniva custodito in appositi contenitori sterili fino all'arrivo del beneficiario, avvertito della disponibilità attraverso il canale ufficiale di una associazione chiamata Best Life.

I riceventi di solito erano ricchi uomini d'affari elvetici, reduci da patologie renali e non disposti ad attendere il trapianto di un organo sano ma altresì restii a rivolgersi al turpe mercato del traffico d'organi che tanto prospera nel terzo mondo. Prezzo di vendita del malcapitato povero: ottantamila euro di oggi. Prezzo d'acquisto dell'acquirente ricco: centocinquantamila. Un vero affare che fruttò per diversi anni incassi notevoli al «commerciante». Fino a quando la notizia del traffico d'organi legalizzato si diffuse nel Paese, suscitando indignazione al punto che il Parlamento promulgò in fretta e furia una legge che vietava questa attività. Fine del business. A malincuore, l'imprenditore riconvertì la sua attività nella vendita di valvole a farfalla per la regolazione del flusso delle flebo nelle braccia dei pazienti, lasciando immutata la ragione sociale dell'azienda che ancora oggi prospera, seppur in un mercato altamente competitivo. Fu proprio una di queste valvole a destare sconcerto nella Polizia Municipale di Hengelo.

Era ancora conficcata nel braccio di una ragazza di circa trent'anni, carnagione chiara, capelli biondi raccolti in una coda di cavallo. Giaceva morta all'interno di una Golf caduta nel Twentekanaal, il canale della città olandese. La macchina era paurosamente rovinata nel corso d'acqua, finendo sul fondo, a circa cinque metri, conficcandosi a testa in giù. Come ci fosse finita non era affatto chiaro. La strada era in buone condizioni, non aveva piovuto. Non c'erano tracce di frenata, né dal suo lato di marcia né dall'altro. Tutto poteva far pensare a una banale incidente, ma possibile che la ragazza non avesse tentato di uscire dall'abitacolo per mettersi in salvo? Era seduta al lato guida, con la cintura allacciata, finestrini chiusi, blocca-porte automatico inserito.

Un rebus da risolvere per il comandante Horn Tapper, ex sergente, membro delle forze speciali olandesi, confluito poi nella Polizia Municipale dopo un brutto «incidente sul lavoro» occorsogli in Somalia, tanti anni prima, mentre faceva parte della task force Unitaf, dislocata nel tormentato Paese africano durante l'operazione Restore Hope. Lui e i suoi uomini di pattuglia sulla via Imperiale erano incappati in una mina antiuomo. Due soldati erano morti, lui aveva riportato una brutta ferita alla gamba destra. Inabilità al servizio. Ma il governo olandese non dimentica i suoi reduci. Era ritornato a casa e, quasi immediatamente, assunto nel suo nuovo ruolo. Gli piaceva, tutto sommato, controllare il traffico «senza che nessuno ti spari», come amava dire ridendo. Passava infatti molto tempo in pattuglia con i suoi uomini, che per questo non potevano mai rilassarsi. La sua rigidità militare gli aveva procurato qualche grattacapo. Fu quando fece arrestare il figlio ventunenne del sindaco, beccato alla guida in evidente stato di alterazione.

Al test dell'etilometro risultò superare di cinquanta volte la soglia limite. Il telefono squillò con impressionante puntualità, dopo il clamoroso arresto. Era il capo di gabinetto del sindaco che chiedeva «comprensione». Horn tirò dritto. Il ragazzo venne condannato a due mesi senza condizionale e avviato verso una comunità di recupero per alcolisti. La vicenda finì addirittura sul giornale della regione che definì il comandante «esempio di integrità morale e abnegazione al servizio che non si piega nemmeno alle pressioni politiche». Tutto il mondo è paese, insomma. Horn venne addirittura decorato con quella medaglia che da soldato non era riuscito a conquistare, a causa di quella maledetta mina. Ecco perché dopo dieci minuti dal ritrovamento dell'auto nel canale era già sul posto.

«Salve capo» lo salutò un giovane vigile.

«Com'è finita in quel canale?»

«Forse un malore, un errore di guida. O aveva bevuto. Succede.»

«Identificata la vittima?»

«Non ancora, non ha documenti.»

«Targa dell'auto? Basta chiedere al registro automobilistico per sapere a chi appartiene...»

«Risulta un'automobile a noleggio, presa all'aeroporto di Eindhoven un mese fa.»

«Da chi esattamente?»

«Una società straniera non ancora identificata. Ci vorrà almeno un giorno: i terminali della compagnia di noleggio sono guasti.»

«Tanto per cambiare. Niente di niente? Nemmeno qualche tatuaggio sul corpo della vittima?»

«No, pulita come un bambino. Abiti anonimi, al polso un orologio swatch, come ce ne sono a milioni, nessun gioiello. L'unico reperto degno di nota è un foglietto di carta in tasca, con dei numeri e un nome scritti a penna, molto sbiaditi dal contatto con l'acqua. Si legge a fatica. Ah, la cosa più importante, però, non l'ho ancora elencata.»

«Che cosa aspetti?»

«Scusi, capo. Nel tentativo di chiuderle gli occhi abbiamo notato che aveva la lingua leggermente sollevata. Ci siamo insospettiti ed è spuntata una chiavetta Usbc molto piccola, di plastica, con doppia entrata per computer e pc portatile. Ce l'aveva appoggiata tra la lingua e il palato. Probabilmente voleva inghiottirla per non farla trovare. Chissà se contiene file importanti e se sono rimasti integri.»

«Nient'altro?»

«Sì, capo, un'altra cosa davvero strana.»

«Mi dai il resoconto a rate? Forza!»

«Sul braccio aveva conficcata una specie di ago, quelli che stanno attaccati alle flebo.»

«Che significa un ago?»

«Sì, quelle farfalline che regolano il flusso dei liquidi in endovena. Li commercializza una ditta di queste parti. Vuole che li sentiamo?»

Il comando del capo Horn fu repentino e non ammetteva discussioni: «Lascia stare la ditta degli aghi. Ne producono milioni per gli ospedali di tutto il Paese. Piuttosto, cintate la zona e non fate avvicinare nessuno, men che meno giornalisti. E avvertite immediatamente i colleghi della Gendarmeria reale.»

«Addirittura la Polizia Militare! Ma, capo, quelli indagano sui crimini importanti, rapine e omicidi. Ci mandano a quel paese per un banale sinistro stradale...»

«Fai quello che ti dico. Questo non è un banale incidente stradale.»

Quella farfallina aveva scatenato il suo istinto militare. Qualcosa non quadrava nel «sinistro». La ragazza andava sottoposta ad autopsia.

4
I pacifisti

Son le 6.15 del mattino. È già ora di aprire gli occhi. Non è nemmeno necessario che io punti la sveglia. Questa è l'ora in cui suonava attraverso l'altoparlante in Accademia. E quei ritmi circadiani restano impressi nell'orologio biologico di un ufficiale tutta la vita. È un marchio indelebile. Ogni giorno stessa ora, stessa sveglia, stesso rituale. Le manovre post-risveglio erano scandite da un rigido ruolino di marcia. Prima di tutto il cubo, cioè il riassetto del letto con la disposizione perfetta delle lenzuola geometricamente allineate a formare appunto un esaedro. «Se volete cambiare il mondo cominciate col rifarvi il letto»: lo ha detto l'ammiraglio William McRaven agli studenti universitari del Texas. Quel discorso, diventato virale, ha avuto milioni di visualizzazioni. Il mondo civile ha commentato le sue parole con scetticismo, scambiandole con il solito generico invito a rispettare i doveri. Noi ufficiali sappiamo bene che cosa voleva dire. Il cubo è una specie di incubo, una dimostrazione di ingegneria applicata a banali strisce di cotone, ma insegna che non puoi pretendere obbedienza dagli altri se prima non impari a prenderti cura di te stesso e della macchina che ti rimette in forma ogni notte, cioè il letto. Vuoi rispetto? Dimostra a te stesso e agli altri che sai essere umile, che sai arrangiarti. Forma? A volte la forma è sostanza. L'ho capito all'Accademia. Le procedure post-risveglio erano scandite in modo sempre uguale. Alle 7, dopo una rapida toelette che non ammetteva «distrazioni estetiche» alla barba (un pelo di troppo costava quindici giri di corsa nel piazzale), si svolgeva la cerimonia dell'alzabandiera. Colazione e via, a studiare, sognando di finire presto l'anno universitario, pieno di esami tecnici e corsi militari, per tornare a volare. Sul Siai 260. Ecco perché le 6.18, per me, significa giorno già fatto da tre minuti. Così ho deciso di farmi una corsetta dalla zona alloggi alla linea volo. Mentre sudo controllando l'orologio segna passi, vedo in lontananza le sagome degli Eurofighter allineati l'uno accanto all'altro. Alcuni, quelli già riforniti e pronti al decollo su scramble sono nascosti negli shelter poco lontano. Ed eccole le sagome blu, con la bandiera tricolore, dei nostri MB.339, gatti sornioni in attesa dell'accensione. Intravedo a distanza anche il mio, con il numero 8 dipinto ai lati. Preferisco non avvicinarmi troppo. I ragazzi della Vigilanza aeronautica militare sanno che la mattina molti di noi fanno jogging in base, ma non ho avuto il tempo di farmi comunicare la parola d'ordine e preferisco non stuzzicare il loro allenato istinto a proteggere velivoli che costano milioni di euro al contribuente.

C'è una grande pace alle prime luci dell'alba in una base militare. Un silenzio magico e rassicurante, un mondo a riposo prima dell'azione. Giusto il tempo di assaporare per qualche minuto quel silenzio, che esplode un frastuono assordante. Un compressore sta avviando la turbina di un jet all'interno di uno shelter. Qualche istante e lo stesso frastuono arriva da un altro shelter. Infine vedo uscire decisi due intercettori, probabilmente allertati dal centro radar di Poggio Renatico, che a sua volta ha ricevuto l'alert da Torrejón, in Spagna. Chissà verso quale missione sono lanciati. Confesso: mi mancano un po' quei decolli veloci, l'imprevedibilità operativa di un pilota intercettore. Ma di che cosa mi lamento? Da due anni volo in formazione nella pattuglia acrobatica più prestigiosa del mondo, ho l'onore di indossare una tuta blu, siamo citati come una grande eccellenza tricolore. Ho coronato il sogno di qualunque ragazzo che entra in Accademia. Mi sento realizzato, utile al prestigio della Forza Armata. Non mi manca niente. Il mio ego è più che appagato.

In questo momento mi piacerebbe soltanto rendermi utile alla famiglia, alla mia famiglia. Già perché un compagno di corso è come tuo fratello, per sempre. Sua sorella è anche tua sorella. Anche se tra me e lei c'è stato ben più di un rapporto fraterno, Giulia ha rappresentato tanto nella mia vita. Vedo decollare gli intercettori e vorrei poter intercettare la traccia radar che ha lasciato Giulia prima di scomparire. Perché sicuramente qualche traccia l'ha lasciata... Ma il mio dovere è un altro e cercherò di compierlo al meglio delle mie possibilità. Oggi devo dare il benvenuto alla collega che ci raggiunge come Pony 7.

Viene da Amendola, una base nella quale non sono mai entrato, nemmeno come visitatore e che improvvisamente fa parte della mia vita, per ragioni ben lontane dal servizio in Aeronautica. Giulia in corteo ad Amendola. Ma perché? Forse il motivo è che la base ospita gli F-35, tanto contestati per il loro costo. L'opinione pubblica non sa e non può sapere che hanno consentito al nostro apparato di difesa un salto di qualità enorme. Un aereo totalmente autosufficiente, pienamente governato dal pilota grazie all'interattività del casco con i comandi e l'avionica. Non a caso sono stati mandati in Estonia e in Islanda, a proteggere i confini. No, Giulia è sparita per ben altre ragioni e voglio al più presto risentire lo staff di Penelope. Le indagini saranno andate avanti.

Preso dai miei pensieri si è fatta l'ora di partire. Salgo sul mio aereo, pronto al rullaggio. Siamo già in formazione, ecco Bergamo in lontananza. Primo passaggio, fumata, secondo passaggio seconda fumata. Pony 7 è al suo posto, Pony 6, Pony 5... Tutto per il meglio. Sento la voce di Pony 1: «Ricongiunzione, allineamento, fumi sganciati. Rientro». Tra un'ora atterreremo alla base di Rivolto. Il cerimoniale è in moto. Benvenuta capitano Sara. A proposito: una domanda su Amendola dovrò fartela, in quanto mi è passato un flash per la testa. Che cosa si fa veramente ad Amendola?

5
Prime certezze

Il detective Fred Hauer, capodipartimento della Gendarmeria reale olandese, quarantacinque anni aveva una discreta esperienza in fatto di delitti. Aveva catturato, proprio di recente, il responsabile di un efferato omicidio, appartenente a una banda di motociclisti che imperversavano da mesi nella zona. Il soggetto era entrato in un bar palesemente alticcio, aveva chiesto un boccale di birra al bar-tender che glielo aveva rifiutato. Dopo un litigio, se n'era andato sulla sua Harley, prima di scontrarsi con un'utilitaria sulla strada che porta a Mannheim. Via di nuovo senza meta fino a quando, disgraziatamente per la donna anziana che vi viveva sola, aveva deciso di fare un colpo in una villetta, trenta metri all'interno di una strada di campagna. La signora Berta Hoilund, settantaquattro anni, era stata trovata la mattina successiva dal postino con il cranio fracassato.

Nessuna telecamera in zona, solo una leggera traccia di pneumatici da moto. E un Dna sul corpo della vittima. Chiaro, netto, pulito. La Gendarmeria lo aveva inviato alla banca dati del Dna, dove sono catalogati tutti i personaggi «discutibili» che hanno avuto a che fare con la legge. Dopo una rapida comparazione era stato raggiunto il match decisivo: venticinque marcatori identificativi. Nella genetica forense ne bastano quindici per sciogliere i dubbi. Il motociclista, di nazionalità lituana, era stato arrestato una settimana dopo mentre tentava di varcare il confine con la Francia. Rapido processo per direttissima, una condanna quasi annunciata a trent'anni per omicidio volontario. Fine della carriera dell'Easy Rider senza fissa dimora.

Il detective Hauer aveva seguito diligentemente molti corsi di aggiornamento e nutriva grande fiducia nella scienza e nelle nuove tecniche investigative. Così aveva fatto diramare le impronte della ragazza trovata senza vita nel canale all'archivio centrale della Polizia. Ora non gli restava che attendere una risposta, e nel frattempo sperare di ricavare qualche informazione in più dagli esiti dell'autopsia.

L'anatomopatologo finì il suo lavoro in circa quattro ore. Ne furono necessarie però altrettante perché i reagenti chimici in cui era stata immersa la farfallina sanitaria trovata sul braccio «parlassero». L'esito degli esami tecnici venne comunicato tempestivamente via mail all'investigatore verso le 21. Il referto era conciso, ma molto chiaro: «Scoperta della vittima: la donna è stata trovata in un canale con una flebo nel braccio. Esami autoptici e tossicologici: assenza di interventi violenti, né lesioni. Presenza importante sul reperto catalogato "strumento sanitario per flebo" di tiopentale sodico. Sostanza ritrovata anche nel sangue della vittima a livelli non terapeutici. Si consiglia pertanto interrogatorio di famigliari, amici e potenziali testimoni per raccogliere informazioni preliminari sull'uso di tale sostanza. Si suggerisce quindi analisi delle telecamere, ricerca di immagini o video che potrebbero mostrare la vittima nelle ore che hanno preceduto il decesso ove avesse manifestato intenti suicidari».

Questo lo so, pensò il detective olandese, vuoi insegnarmi il mestiere, maledetto camice bianco con la mania delle indagini? Dimmi quello che non so.

Rispose alla mail con una domanda: «Cos'è il tiopentale?».

In cinque minuti arrivò la risposta: «Il tiopentale è una droga ad azione depressiva del snc (sistema nervoso centrale), appartenente alla classe dei barbiturici. Viene utilizzata per anestesia generale, nell'induzione del coma farmacologico e in medicina veterinaria. Negli Stati Uniti è stato utilizzato in passato per praticare l'iniezione letale ai condannati a morte. Con miscela di altri farmaci alcuni Paesi la utilizzano nell'eutanasia umana. Nelle fasi precedenti il decesso toglie ogni capacità inibitoria al soggetto, inducendolo a parlare. Annotazione a margine non assolutamente vincolante: letteratura non medica, ma divulgativa, lo indica come la droga preferita dalle spie del blocco orientale, usata spesso negli interrogatori di agenti stranieri catturati».

«E come si procura questa droga?» incalzò il detective.

Il medico legale divenne ancora più freddo e burocratico.

«Oggetto: approvvigionamento di tiopentale. Controllare database di medici e farmacisti. Verificare i registri di accesso a database medici e farmaceutici dove il tiopentale è registrato.»

Poi ancora una volta aggiunse di suo: «Verificare transazioni finanziarie, analizzare conti bancari e carte di credito alla ricerca di acquisti sospetti. Monitoraggio eventuale di siti illeciti. Investigazione di possibili acquisti tramite mercati neri online come “DeepPharma” o “UnderMed”. Controlli veterinari: indagine su farmacie veterinarie che potrebbero fornire tiopentale. Piste e sospettati: professionisti sanitari, farmacisti corrotti o farmacisti con precedenti di condotta disonesta. Estendere ricerche su siti web e IP sospetti. Tracciamento degli IP che hanno avuto accesso ai database di farmaci controllati. Azione decisiva: indagine anche internazionale. A disposizione. P.S. Sono solo suggerimenti di un appassionato di criminologia. Cordiali saluti, dottor Tuvalu Van Den Sahar».

Un medico legale che dà suggerimenti investigativi? Non gli era mai capitato. E poi droghe delle spie, blocco orientale, traffico di farmaci online. Ce n'era abbastanza per farsi venire il mal di testa. Il detective pensò per un attimo di mandare a quel paese il medico appassionato di spy story, ma la speranza di archiviare il tutto come incidente stradale stava svanendo. La prudenza gli suggeriva di consultarsi con il capo, però ricordava che il commissario superiore era partito per le ferie. Allora rifletté: i suggerimenti possono arrivare anche da un barista. Figuriamoci da un appassionato di crimini. Ascoltare tutti, decidere con la propria testa. Quindi…

Innanzitutto, avrebbe informato il procuratore distrettuale. Qualcosa gli diceva che l'indagine poteva prendere una piega inaspettata, coinvolgendo livelli più alti dei suoi. Naturalmente sarebbe stato fondamentale conoscere l'identità della ragazza deceduta e, per questa svolta, non restava che attendere la risposta in arrivo dal ministero dell'Interno. Risposta che non tardò a raggiungerlo, sempre via mail, nel giro di mezz'ora: «Identità deceduta, Katia Brogiotti, anni trentuno, nata a Milano, nazionalità italiana, impronte digitali registrate in data 12 marzo 2020 in ingresso alla dogana di Schiphol. Impronta ripetuta al comune di Hengelo per rilascio carta d'identità, avendo il soggetto chiesto e ottenuto residenza nella cittadina olandese per ragioni di lavoro. Non risultano precedenti. Nubile».

Il detective Hauer si mise al computer e inviò immediatamente una mail informativa all'Interpol di Amsterdam. Ci avrebbero pensato loro a contattare le autorità italiane. Massima collaborazione, ma i giochi erano finiti su un altro tavolo. Per fortuna la patata bollente d'ora in poi l'avrebbero tenuta tra le mani i colleghi di Roma.

6
La freccia rosa

L'aeroporto di Rivolto, sede del 313° Gruppo addestramento acrobatico, è conosciuto a livello nazionale perché è la nostra casa, la casa della pattuglia acrobatica. Qui ci addestriamo per mantenere alto il livello di efficienza operativa, proviamo e riproviamo le manovre che eseguiremo nel corso delle manifestazioni.

Il fiore all'occhiello dell'Aeronautica è un primato: dal gennaio 2016, l'aeroporto di Rivolto costituisce il punto di riferimento per l'Azienda Ospedaliera Universitaria Integrata di Udine per i voli notturni in favore del Centro Regionale Trapianti del Friuli-Venezia Giulia. Siamo molto orgogliosi di questa attività, a cui si dedicano i nostri colleghi. Intervengono quando c'è un'emergenza sanitaria, ad esempio un cuore espiantato da trapiantare, un trasferimento d'urgenza da un ospedale della zona verso un nosocomio più specializzato. Il nostro dovere è anche e soprattutto aiutare le persone comuni che hanno bisogno nei momenti più difficili, cittadini che... ci pagano lo stipendio. Come potremmo dimenticarci di loro? Nello stesso anno, grazie all'attivazione notturna dell'aeroporto, sono state salvate ben sedici vite. Ci siamo, insomma, h24, proprio come i colleghi intercettori, cioè coloro che decollano a seguito di un'emergenza (non va più la radio di un aereo? Loro partono e lo intercettano, per verificare cosa stia succedendo). Per non parlare del triste periodo legato al Covid. È stato l'ufficio del Comando logistico a organizzare la distribuzione dei vaccini che arrivavano dall'America. Il generale Figliuolo coordinava tutte le operazioni, ma eravamo noi dell'Aeronautica a fare da «postini». Partivano cargo da qui e da altri aeroporti, come Pratica di Mare. Forse abbiamo salvato migliaia di vite.

Stamane la base è tirata a lucido. Non c'è una foglia in giro, i vialetti di raccordo sono lindi come dopo un acquazzone. Vedo in lontananza, a circa trecento metri dai nostri MB.339, custoditi dalla sorveglianza armata, un lungo tavolo predisposto per un rinfresco. I quattordici componenti della pattuglia, cioè noi, gli undici effettivi, più le due riserve e il comandante del 313°, il tenente colonnello Luigi Siciliano, sono tutti già schierati. No, non indossiamo la nostra amata tuta blu con foulard tricolore. Quella la usiamo in volo. Siamo in uniforme da mezza stagione: giacca e pantaloni di grisaglia blu, berretto d'ordinanza. Il solo tenente colonnello Siciliano indossa già la sciarpa azzurra da ufficiale e ha deposto la sciabola di rappresentanza su una sedia, in attesa di portarla al fianco.

Sono le 9 e l'arrivo è previsto per le 9.15. Ancora qualche minuto. Il rombo di un jet segnala che il velivolo con le personalità a bordo si sta avvicinando. Guardiamo tutti in cielo cercando di scrutare il Falcon 50 executive del 31° Stormo verso la testata pista, immaginando le conversazioni radio con la torre di controllo. Ma la sagoma che scorgiamo non è affatto quella di un Falcon. Sì, è proprio un M345, il nuovo gioiello da addestramento che ha sostituito i nostri 339. Un biposto operativo. Che cosa significa? Perché questo cambio di programma? Lo sapremo presto. Apertura, sorvolo pista, carrello fuori, atterraggio dolce, rullaggio fino alla nostra postazione in linea volo. Appena il motore si spegne, gli specialisti portano la doppia scaletta al velivolo. Si apre il doppio tettuccio e il pilota al comando nel sedile anteriore si toglie il casco. È... è una donna. Sì, dev'essere lei, il capitano Banfi, che stiamo aspettando. Dietro, però, sul sedile di solito riservato all'istruttore chi siede?

7

Tra joystick e satelliti

La sorpresa non poteva essere più eclatante. Tolta la maschera dell'ossigeno e il casco vedo distintamente un testone canuto, sembra proprio quello del Capo, mentre si slaccia le cinghie che lo legano al seggiolino eiettabile. Si alza, scende la scaletta e va incontro al sergente specialista che scatta sull'attenti. Lui, Ivo Moretti, contraccambia il saluto, lanciandosi in uno dei suoi proverbiali sorrisi bonari e rassicuranti. Siamo tutti senza parole: il Capo ci ha lasciato in mutande. Mentre cammina inizia a togliersi la tuta anti-G, fianco a fianco del capitano Banfi. Sulla tuta di volo ora si scorgono distintamente i gradi. Fa sempre impressione vedere quella greca con quattro strisce: generale di Squadra Aerea con incarichi speciali. Quando entrammo in Accademia presenziò alla cerimonia del giuramento il capo corso del Turbine 3. Anche lui era un generale di Squadra Aerea che noi consideravamo «entità inimmaginabile e inavvicinabile». Spero che chi ha questo grado non dimentichi mai di essere stato tenente, capitano, maggiore e via via, fin sulla cima. Eppure il *cursus honorem* del Capo è impressionante. Dopo l'Accademia, Corso Vulcano 3, ha conseguito il brevetto di pilota militare. Nel 1986 è stato assegnato come pilota al 156° Gruppo del 36° Stormo di Gioia del Colle, sui Tornado. Sempre su questo cacciabombardiere, ha preso parte al primo conflitto del Golfo nel 1991. Dopo il comando della 383ª Squadriglia, tra il 1995 e il 1998 ha preso parte alle operazioni Nato nella penisola balcanica. Promosso generale di Squadra Aerea, dal 2016 al 2018 ha fatto l'addetto militare presso l'ambasciata d'Italia a Washington. Su di lui girano leggende incredibili. Sul libretto ha segnato oltre seimila ore di volo, ma quando gli chiedono quanto tempo ha passato in aria, lui risponde: «Duemila ore». Per lui contano solo quelle da pilota operativo sul Tornado. Insomma, è un mix di pilota, ufficiale, diplomatico, studioso. Ha tre lauree. Da uno così prendi ordini volentieri. Sono gli ufficiali come Moretti che spingono i giovani a intraprendere la nostra carriera. Non si lamenterà mai del «rancio», cioè di come la politica o il governo amministra la Forza Armata. Lui è fedele a qualunque esecutivo. Viviamo in una democrazia e il militare obbedisce al Parlamento, cioè agli elettori.

Il comandante del 313° gli va incontro, lo saluta militarmente e il Capo rompe il ghiaccio: «Buongiorno a tutti, quando sto lassù penso proprio che abbiamo scelto il lavoro più bello del mondo e mi capita sempre più di rado». Ci spostiamo verso il piccolo palco allestito per la cerimonia, siamo tutti schierati in fila. Moretti prende il microfono: «Ufficiali, sottufficiali, avieri, oggi è un giorno importante per l'Aeronautica, un giorno che segna un passo avanti verso la modernizzazione e l'apertura verso la società reale. Nel 2000 abbiamo aperto le porte dell'Accademia al sesso femminile. Le donne hanno avuto le nostre stesse opportunità ad armi pari e pari condizioni. Le allieve hanno seguito il medesimo iter addestrativo con gli stessi parametri dei colleghi maschi. Hanno seguito le scuole fino allo status di "combat ready". In pochi anni sono entrate nella Forza Armata a pieno titolo, impegnate nei reparti di volo in ruoli operativi, muovendo i passi nella carriera di ufficiali e scalando le gerarchie. Tanto che oggi, a distanza di oltre vent'anni, alcune di loro comandano stormi con il grado di colonnello. Altre hanno meritato di essere assegnate ai velivoli più moderni, anche al caccia di quinta generazione F-35. Noi non facciamo politica. Noi non scriviamo libri, semmai li leggiamo e, già che ci siamo, ripassiamo spesso la Costituzione. Per ricordarci che il nostro capo è il presidente della Repubblica. Chiaro no? Chi lo elegge il presidente? Il Parlamento. E chi elegge il Parlamento? Quindi il nostro comandante in capo è il popolo che sceglie chi deve governarci. Il resto sono chiacchiere. Tra di noi diciamo che l'aeroplano è una livella: conta solo pilotarlo. Ebbene, una delle nostre colleghe, prima della transizione su questo gioiello della tecnologia, aveva dimostrato qualità anche nell'ambito del volo acrobatico e aveva inoltrato la domanda per essere assegnata alle Frecce Tricolori. Sono qui per dare il benvenuto in Pattuglia al capitano Sara Banfi. Ho scelto di dare l'annuncio, diciamo, in famiglia. Ecco perché siamo arrivati soltanto il capitano e io, con un MB345. Abbiamo lasciato a Roma quelli del 5°, i fotografi, i giornalisti che saranno certamente curiosi. Verranno i giorni delle celebrazioni, delle telecamere, delle parole e dei politici. Oggi facciamo, poi diremo».

La fa salire sul palco e il capitano Banfi, dopo il saluto, dice solo poche parole: «Grazie dell'accoglienza. Non sono abituata ai discorsi e non ne farò. Spero di essere alla vostra altezza, metterò tutta me stessa in questo nuovo incarico di cui sono grata al capo di Stato Maggiore. Diventare un Pony è il sogno di quando ero bambina. Oggi quel sogno si avvera».

Concisa, efficace, per niente retorica. È la cerimonia che noi piloti preferiamo. Dopo un brindisi e il rituale «*Ghereghereghez, ghez ghez ghez*», il nostro saluto aeronautico, siamo già più rilassati. È di media statura, mora, fisico impeccabile, i capelli raccolti a crocchia, sorride sicura a tutti quelli che le stanno intorno. È il mio turno. Saluto anch'io la nuova arrivata con una stretta di mano. Pochi secondi e scopro che le sorprese, oggi, sono appena iniziate.

«Tu sei Gatti, Pony 8, vero? Ecco, io dovrò volare ala ad ala con te. Il comandante mi ha appena informato di ritenerti il mio riferimento. In buona sostanza: sei la mia balia. Sono certa che non ti creerà mai problemi il fatto che sono una donna.»

«Sei proprio fuori strada. In Accademia, al Turbine 5, avevo dodici colleghe di corso. Se devo menzionare qualcuno che mi ha aiutato al tirocinio e poi negli anni successivi, fino alla nomina a ufficiale, mi vengono in mente Bruna, Franca, Maria Teresa e Marta. Sarò loro grato per tutta la vita. Ragazze eccezionali. Le prime due sono ancora tra le mie migliori amiche, anzi, direi che sono come sorelle.»

«Buon inizio, scusa.»

«Nessun problema. Ti prego di non tirare mai più fuori questi stereotipi, che magari resistono nella vita civile, non per chi veste una divisa. Del resto, alla prima intervista che mi faranno, perché succederà, mi chiederanno "com'è l'integrazione tra maschi e femmine in Aeronautica?". Io risponderò mostrando una fotografia. Ritrae una mano guantata mentre aziona il throttle, la leva dell'acceleratore. Sapete riconoscere se è la mano di un maschio o di una femmina? Hai capito che cosa intendo.»

«Ottima immagine. Quando iniziamo la prima missione, il primo volo a due?»

«Settimana prossima, così mi è stato riferito. Fammi ambientare prima con l'avionica del 339, non ci volo dai tempi della scuola di Galatina.»

«Quando sei a tuo agio col mezzo fai un fischio, intanto beviamoci su. Ma prima di parlare di looping e tonneau rispondi a una domanda.»

«Dimmi, caro.»

«Tu vieni da Amendola. Non posso spiegarti come mai, ma quella base è entrata nella mia vita per motivi diversi dai soliti. Oltre agli F-35 chi opera nella base?»

«Oltre agli F-35 c'è il 28° Gruppo.»

«Cioè?»

«Come, non sai cos'è il 28° Gruppo? Sono le Streghe. Il famoso gruppo di volo che dopo l'8 settembre aderì alla Resistenza e fu rischierato a Benevento, insieme con gli Alleati. Per questo lo chiamano così, perché la prima sede fu proprio nella città con la tradizione delle streghe. Sotto la tuta indossano la maglia, con il simbolo di una strega a cavallo di una scopa, gialla come la bottiglia del liquore Strega. Al 28° Gruppo fanno capo i velivoli teleguidati. I droni, per intenderci.»

«È vero, lo stavo dimenticando. Com'è la convivenza con quelli del joystick?»

«Ognuno fa il suo. E devi avere rispetto per questi colleghi. Oltretutto negli ultimi tempi la situazione è un po' più dinamica. Sono arrivati i nuovi Reaper. Li conosci?»

«No.»

«Ognuno è lungo trentasei metri, con un'apertura alare di ventuno. Può viaggiare alla velocità di 450 km/h ed è in grado di volare guidato a distanza via satellite senza rifornimenti per duemila chilometri in missioni di ricognizione, per milleduecento se armato di missili. È in grado di operare da quindicimila metri come a bassa quota, di giorno, di notte e con il cattivo tempo. Costa intorno ai trenta milioni di dollari. Bell'oggettino...»

«Ma che cosa è cambiato adesso? Non erano già operativi?»

«No. Finora avevano in dotazione i droni classe Predator, ma erano disarmati. Negli ultimi anni l'Aeronautica li ha impiegati in Iraq, Afghanistan, in Libia, attualmente in Kuwait per le operazioni contro l'Isis e in Iraq. Intendo: monitorare gli obiettivi dall'alto, riferire al comando integrato alleato, scattare immagini e video. Puntare con i laser l'obiettivo. Fine della storia. Toccava poi ai droni armati americani colpire gli obiettivi. Sono i velivoli che partono da Sigonella, guidati dalla base in Sicilia, se non addirittura dal Texas in remoto. Durante il governo Draghi, abbiamo fatto il salto di qualità. Quello che sto per dirti è riservato, quindi tienilo per te. Gli Usa hanno dato il via libera all'utilizzo di droni armati anche a noi italiani. Ora possiamo fare ancora più sul serio con i nuovi Reaper. Certo, le responsabilità aumentano e con loro i problemi connessi all'utilizzo di queste armi tanto letali, quanto impersonali, in quanto controllate a distanza dalla tecnologia. Presto, si dice, ci monteranno su un computer super moderno. La cosa non ha certo reso felici alcuni nostri colleghi. Si sono trovati di punto in bianco a passare dalla cloche di un aereo al joystick manovrato tra quattro mura. Ma gli ordini non sono inviti. Sono ordini.»

«Questo lo so bene. Tu, Sara, che cosa ne pensi? Faremo tutti quella fine, chiusi dentro a quelle mura?»

«Negativo Rolando, negativo. Se proprio dobbiamo temere la tecnologia, il pericolo verrà dai satelliti, ma su questo campo ne so veramente poco. Ti cito però una notizia circolata negli ambienti militari e ripresa da diversi media. Elon Musk. Sì, proprio il genio delle auto a guida autonoma avrebbe ordinato ai suoi ingegneri di disattivare la rete di comunicazioni satellitari Starlink vicino alla costa della Crimea l'anno scorso, per ostacolare un attacco dell'Ucraina contro la flotta russa. La decisione del patron di Tesla, che ha poi costretto i funzionari di Kiev a "supplicarlo" di riaccendere i satelliti, è stata dettata dal forte timore che la Russia potesse rispondere a un attacco ucraino sulla Crimea con armi nucleari. Capisci che noi piloti siamo solo dei birilli in questo scenario. Ma le mie conoscenze tecniche su questi temi si fermano qui. Devi chiedere lumi a un Gari, a un ingegnere. Nel tuo corso ce n'erano almeno dodici.»

Sì, chiederò. Ma che cosa mi sfugge nelle parole del capitano Sara? E cosa significano quei cartelli sulle streghe?

8
Ventiquattro ore decisive

Piacevole conversazione. Questa donna mi piace. No, non in quel senso. Gli amori tra stellette sono complessi, anche tra pari grado. «Be', Sara, stasera siamo tutti al circolo ufficiali, è la tua festa. Per l'occasione si brinda a bollicine.»

«Champagne o prosecco? Mi piacciono entrambi.»

«No, lambrusco. Io sono modenese e lo faccio arrivare da Castelvetro, la migliore qualità di Grasparossa. Lo lascio al circolo. Mi fa sentire un po' a casa.»

«Fantastico. Io sono di Avellino e appena possibile ti farò bere il mio Aglianico. Sarà un bel dog fight, un bel combattimento tra rossi...»

Mentre parliamo del più e del meno, tipo la qualità discutibile dei materassi degli alloggi riservati agli scapoli (da oggi anche delle nubili), vediamo avvicinarsi in lontananza un'auto della Polizia, ferma al posto di blocco. La sbarra si alza e l'auto si dirige proprio verso di noi. Scendono due uomini in borghese che irrompono decisi verso il nostro gruppo.

Quello più giovane scandisce bene le parole: «Chi è il capitano Rolando Gatti?».

Rispondo sorpreso: «Io. Lei chi è?».

«Sono il maggiore Aldo Martini, Polizia Militare e sto

accompagnando il collega della Polizia di Stato, il commissario Michele Vascolo.»

«Siete sicuri di non aver sbagliato persona?»

Giusto il tempo di riprendermi e il pensiero corre subito a lei, a Giulia. Oddio, l'hanno trovata, forse morta. È una notizia che non avrei mai voluto ricevere. Poi, ragionandoci su: ma perché venire da me? Non la vedo da anni. Perché non correre da suo fratello, dai suoi genitori? Azzardo la domanda: «Siete qui per la signora Giulia Robatti, la donna scomparsa?».

«Non sono autorizzato a fornirle questa risposta. Ho qui un avviso di convocazione da parte di un sostituto procuratore di Milano.»

«C'è sicuramente un equivoco, può dirmi almeno se sono accusato di qualcosa? L'equivoco si chiarirà, ma, signor maggiore, mi dica almeno se devo procurarmi un avvocato.»

«Affatto. Leggo nell'atto di citazione che lei è un testimone e dev'essere sentito nell'ambito di Sit, cioè sommarie informazioni testimoniali. Non è indagato di niente.»

«Non mi lasci sulle spine, la prego. Mi dica se c'entra la signora Robatti.»

«No, l'unico nome che compare sui fogli della Procura è Katia Brogiotti.»

«Chi è? Mai sentita...»

«Francamente non lo so nemmeno io. Noi siamo qui soltanto per la citazione. Lo scoprirà da solo. Domani.»

«Come domani? Io domani sono in volo per la consueta esercitazione mattutina.»

«Dovrà rinviarla. La Procura è stata tassativa: presentarsi entro le ventiquattro ore. In caso contrario scatterà l'accompagnamento coatto.»

«E come ci arrivo a Milano entro domani?»

«Prenda un treno, vada in macchina. Oppure... salga su uno dei vostri aerei. Ne vedo così tanti in giro...»

«Sono velivoli da acrobazia, non taxi. Questo lo escludo.»

«Veda lei, capitano. Noi abbiamo finito. Torniamo a Venezia. Firmi qui e si tenga questi fogli.»

Katia Brogiotti. Non mi dice proprio niente. Mi aspettano a Milano, in Procura: mi sembra di impazzire. Prendo il telefono per controllare a che ora parte il primo treno per Udine, dove cambierò poi per Milano. Se tutto va bene alle 7 di domattina sono nel capoluogo lombardo. La testa mi rimbomba, peggio di quando affronto una virata stretta. Devo informare il comandante di questa vicenda assurda. No, eccolo. È lui che sta venendo verso di me.

«Gatti, mi dice la Polizia Militare che domani devi essere a Milano. Non so che cosa tu abbia combinato...»

«Niente comandante, le pare che l'avrei tenuta all'oscuro di qualche fesseria?»

«Conoscendoti non credo. Magari è una formalità. Comunque l'ambasciatore non porta pena, anzi porta buone notizie, almeno dal punto di vista logistico.»

«Comandi...»

«Sei fortunato, il Capo domani deve presenziare a una cerimonia alla Prima Regione, in piazza Novelli a Milano. Ci andrà con il 345 con il quale lo hai visto arrivare. Essendo un uomo di buon senso, a sessantadue anni non è il caso di pilotarlo da solo. Anche per ragioni di sicurezza. Serve un co-pilota. Tu ti metti dietro, al posto dell'istruttore, fai il bravo, parli solo se interrogato e atterrate a Linate. Dormi lì, in Regione, e domattina vai a fare il tuo dovere in Procura. Ci arrivi con l'autobus 60. Scendi in piazza 5 Giornate e fai tre minuti a piedi. Ho prestato servizio alla Prima per due anni. Se non altro potrai raccontare a tutti che hai volato in tandem con il Capo.»

«È... una cosa pazzesca. Un onore straordinario. Se non fosse per quella convocazione, accompagnare il numero 1 è un privilegio che ricorderò tutta la vita.»

«Confermo. Basta chiacchiere. Vai a preparare la tuta di volo e l'uniforme. In Procura vacci con gli abiti civili, dai meno nell'occhio. Decollate tra due ore.»

Milano, il Capo, Katia Brogiotti. Non sono preparato a queste acrobazie tra le emozioni. E che cosa vogliono da me in Procura?

9

La ragazza misteriosa

Sono da poco passate le 16 e sto salendo sulla scaletta posteriore del 345, destinazione Milano.

«Allora, capitano Gatti, sei tu quello che mi fa da assistente fino a Milano?»

«Sì, signor generale. La ringrazio tantissimo dell'onore. Oltretutto l'aereo lo conosco perché è molto simile al 339 con cui volo oggi sulle Frecce.»

«Benissimo. Possiamo decollare. Se non ti dispiace me ne occupo io. Il grado per certe cose non conta. Anche il capo di Stato Maggiore deve annotare sei ore di volo ogni sei mesi sul libretto personale, per poter ricevere nello stipendio l'indennità di volo.»

Il capo di Sma è un tipo di poche parole e chissà a quali e quante rogne sta pensando. Parla proprio come uno di noi. Cercherò di essere invisibile, muto, ma presente se richiesto. Non credo, però, che sarà necessario. Uno che ha volato in zone di guerra, non si perderà tra il Friuli e la Lombardia.

Decolliamo, riportiamo la posizione a Venezia, poi a Verona, poi a Ghedi. Sento le comunicazioni via radio. Sapessero chi c'è sull'aereo che passa sopra le loro teste!

Io sono di fatto un passeggero e dopo tanto tempo tra due aeroplani, posso godermi il panorama. È sempre bello guardare il mondo dall'alto. La sensazione più eclatante è quella di vivere in un mondo a parte, un'altra dimensione. Il tuo riferimento visivo è la linea dell'orizzonte, su cui appare tenue il colore del sole che tramonta o sorge. È il vero motivo per cui indosso questa divisa. O meglio: lo era quando mi arruolai. Ora inizio a capire che in Accademia si formano ufficiali, non solo piloti, persone che un giorno potranno arrivare a ricoprire incarichi come quello del generale. Mi viene mal di testa al solo pensiero.

Il Capo non parla. Forse anche lui si gode il panorama. No, deve tenere lo sguardo fisso sugli strumenti di volo e sui parametri di navigazione. Poi nelle cuffie sento la sua voce.

«Allora, Gatti, come ti trovi in Pattuglia?»

«Comandante, è un assoluto privilegio, quando mi muovo in formazione è come se sentissi le vibrazioni della folla laggiù. Li vedo i filmati che mandiamo su Facebook: centinaia di migliaia di persone stanno con il fiato sospeso mentre voliamo. Mi sento... utile alla gente.»

«Da quanto tempo sei in Pattuglia?»

«Due anni e quattro mesi.»

«Quindi tra sei mesi stacchi.»

«Così prevede il regolamento.»

«Lo sai che cosa ti aspetta dopo: sei in terza valutazione per la promozione. Dunque te ne vai a Firenze, alla scuola di Guerra, diventi maggiore, quindi un comando di Gruppo. Che non è niente male. I veri problemi verranno dopo due anni, quando sarai promosso tenente-colonnello. Allora piloterai una bella scrivania in viale dell'Università.»

«È la vita che ho scelto. D'altro canto si invecchia: i piloti dopo i trent'anni sono meno reattivi.»

«Questo non è vero, ma far parte di una squadra è tutto questo. Più onori, più oneri. Ho visto la tua scheda di servizio. Sei riflessivo, razionale e induttivo. Dovresti pensare seriamente a qualcosa di complesso. Noi cerchiamo ufficiali, non solo combattenti.»

«Deciderete voi, al meglio.»

Ora è il radar di Milano-Linate che ci prende in carico.

«Tango 26 autorizzato ad avvicinamento, quota tremila piedi, pista 22w riportate in testata pista.» Tutto liscio. Atterriamo alle 17 passate. Il Capo ci sa fare. Rulliamo fino alla zona militare dello scalo lombardo. Fermiamo il motore presso le palazzine-hangar. Ci sono quattro auto dell'Aeronautica ad aspettarci, una dei Carabinieri e una civile con sirena blu sul tetto. Il Capo scende, io lo seguo. Si gira e mi saluta cordialmente: «Allora, capitano, in bocca al lupo per tutto e coraggio. Spero di rivederti presto».

Sale sull'auto civile e un sergente-autista mi fa cenno di salire sulla terza auto targata AM. In dieci minuti percorriamo viale Forlanini e dopo pochi incroci siamo in piazza Novelli. Il corteo del Capo gira a sinistra, io alla sbarra di destra. Il piantone mi saluta militarmente, leggendo un foglio su cui è annotato il mio nome. Mi indica la palazzina alloggi. Salgo in una cameretta riservata a me, con bagno e tanto di frigobar. Lo apro: c'è solo acqua minerale. Meglio così, domani devo alzarmi alle 6 zero zero. Accendo la televisione e ascolto il telegiornale. Parlano della guerra in Ucraina, della crisi finanziaria. Poi c'è un'inviata che racconta dell'ennesimo femminicidio. Un bastardo di Cremona ha accoltellato la ex che voleva lasciarlo. Dicono che siamo arrivati a quota novanta donne uccise dall'inizio dell'anno. È una mattanza, un problema sociale enorme questa violenza di genere. Non avevo mai seguito la cronaca nera, ma ora preferisco cullarmi nella speranza che Giulia stia bene, che non diventerà mai oggetto di un servizio televisivo. Che Dio l'aiuti. Un presentimento però ce l'ho…

10
Amendola

«Novità, chiamami.»

Sono le 22 precise. Lo so senza guardare l'orologio, perché è appena suonato *Il silenzio*, la musica composta da Nini Rosso nel 1965 per regolare la vita dei soldati. Da quasi sessant'anni, è una sveglia al contrario. Indica, anzi impone, il tempo del riposo. Si spengono le luci e non si sente più fiatare. Adoro il rispetto e il perdurare di queste abitudini, mi fanno pensare che l'Aeronautica sia refrattaria ai continui mutamenti che rivoltano tutti gli ambiti sociali.

Dopo l'ultima nota di tromba ho sentito il telefono vibrare, leggendo questo messaggio di Mario. Cos'è successo? Lo chiamo subito, bisbigliando per non far arrivare la voce nei corridoi percorsi dal silenzio, quello vero, non musicale. Imponente, rigoroso. In una parola: militare.

«Ciao Mario, dimmi tutto.»

«I miei sono stati convocati in caserma. Hanno verificato la segnalazione di *Chi l'ha visto?*, controllando i filmati delle telecamere di sorveglianza dell'area attorno alla Statale 89 Garganica, dove Giulia è stata avvistata.»

«E?»

«La buona notizia è che la segnalazione è fondata. La

donna avvistata è proprio Giulia. Il 26 gennaio è entrata in un'azienda turistica di San Giovanni Rotondo, a quattro chilometri dalla base militare, attorno alle 21.30, ed è uscita circa mezz'ora dopo. Deve aver soggiornato lì, sotto falso nome, ed è rientrata solo per riprendere le sue cose dopo la manifestazione.»

«Sì» concordo, «questa sembra una buona notizia. Ma se me la presenti così vuol dire che ce n'è una cattiva. Qual è?»

«Non era sola.»

«È entrata in compagnia, quindi...»

«No, intendo che non era sola nell'inquadratura. Dietro di lei si vede un uomo, con un berretto e gli occhiali da sole (alle nove di sera!). Le passa alle spalle quando entra.»

«Non potrebbe essere solo uno che passa, appunto?» domando per moderare l'allarmismo.

«Potrebbe. Ma potrebbe non esserlo, perché le telecamere lo riprendono anche nella mezz'ora in cui Giulia è stata all'interno della struttura. È rimasto lì e quando lei esce... l'ha seguita. Da allora non ci sono più tracce di entrambi, nella zona, anche perché non ci sono telecamere.»

«È sicuramente Giulia?»

«Sì, hanno mostrato le foto ai miei e alla criminologa, la Zambrone. Non ci sono dubbi. Due genitori riconoscerebbero la propria figlia anche dall'ombra e la criminologa... be', saprà fare il suo mestiere. L'uomo, invece, non risulta comparabile con nessun ricercato o soggetto schedato. Non è distinguibile in volto, ma ha un tatuaggio sul polso. È piccolo e, ingrandendo le immagini, sembra essere un'aquila turrita. Sembra perché il fotogramma è molto sgranato, ma pare proprio essere un volatile con la torre sopra.»

«Dai Visintin nessuna informazione?»

«Sì, in effetti una c'è. Pare che dalle intercettazioni dei loro contatti, sia emersa una scheda telefonica estera, intestata a una società spagnola, da cui partono telefonate al commercialista dei Visintin. Hanno riconosciuto la voce di Cecco, il cognato di Giulia. Al momento non sono emersi contenuti significativi, ma perché avere una scheda segreta?»

«Per nascondere qualcosa, è chiaro.»

«Qualcosa o qualcuno?»

«Dici che...»

«Può essere, Rola. Ti tengo aggiornato.»

«Grazie Mario. Salutami i tuoi e, se hai bisogno di qualcosa, fammi sapere. Buona notte.»

Giulia, dove sei? Chi è quello che ti pedinava? Cosa tramano i Visintin? Qui in Aeronautica dovrebbero cambiare musica. *Il silenzio* non basta a zittire tutto il casino che ho in testa.

11

Dal giudice

Il tribunale di Milano è un edificio enorme, squadrato, un po' impersonale, architettura del Ventennio. Passo dal metal detector e salgo al quarto piano, ufficio 24. Sulla porta c'è scritto SOSTITUTO PROCURATORE CORRADO MOSTI. Busso. Entro.

«Si accomodi capitano, la stavo aspettando. Quelli che vede seduti sono il commissario Gianni De Falco, dell'Interpol, e il tenente colonnello Ettore Ghioni, carabiniere della Polizia Militare. Dobbiamo fare due chiacchiere. Si rilassi. Lei ha mai conosciuto la signorina Katia Brogiotti, nata a Milano nel 1991, laureata in Fisica nucleare, dirigente di un'azienda specializzata in computer che ha sede in Olanda?»

«Assolutamente no. Il nome non mi dice niente.»

«Eppure lei doveva conoscerla.»

«Non mi risulta. In base a che cosa lo afferma?»

«La signorina è stata trovata cadavere in un fossato a Hengelo, una ridente cittadina olandese verso il confine tedesco. Motivo presunto della morte: avvelenamento causato da una sostanza psicotropa molto pericolosa, quanto rara.»

«Mi dispiace per lei. Ma io come mi inserisco in questa vicenda tragica?»

«La signorina aveva sotto la lingua una chiavetta Usbc, nell'atto probabile di inghiottirla. La scientifica olandese è riuscita a recuperarne quasi integralmente i file contenuti.»

«Che cosa contengono?»

«Questo non posso dirglielo. È coperto dal segreto istruttorio. Lei è qui perché nella prima pagina, proprio all'indice dei file, viene indicato il destinatario dei file.»

«E chi è?»

«Lei, capitano. C'è scritto testualmente: "Recapitare con urgenza solo ed esclusivamente al capitano Rolando Gatti, 313° Gruppo Rivolto, Udine, Frecce Tricolori".»

Mi accorgo che sto sudando. Sono rimasto senza parole. Non so chi sia quella ragazza né perché volesse farmi avere quei file. E soprattutto: di che cosa sono accusato?

Riesco soltanto a dire: «Non so come aiutarvi. Ma insisto: che cosa contengono quei file?».

«E io glielo ripeto: non posso dirglielo. Almeno per ora. Piuttosto mi risponda: è mai stato in Olanda?»

«No, mai, né per ragioni personali, né per servizio. Oltretutto non facciamo missioni all'estero dai tempi del Covid.»

«E questa Katia non la conosce, non l'ha mai vista nemmeno in Italia?»

«Non so come convincerla: noooo!»

«Strano, veramente strano. Conosce qualcuno che la conosce, forse. Amici, parenti, colleghi: si sforzi...»

«Negativo. Più ci penso e meno mi oriento.»

«Capisco. Secondo lei perché una donna viene avvelenata, ha un file e vuole fargliele avere?»

«Dottore, è inutile: non ne ho idea.»

«Spero per lei che non mi nasconda nulla. I suoi gradi non mi fanno paura. Per quanto mi riguarda può bastare.

Per ora. La terremo informata su eventuali sviluppi dell'inchiesta. Può andare capitano, grazie. Ma si tenga a disposizione se la chiameremo di nuovo.»

«Sa benissimo dove trovarmi, basta controllare il calendario delle prossime esibizioni, è pubblico.»

Lo saluto, faccio un cenno al carabiniere della Polizia Militare e mi avvio verso l'uscita. Mentre esco ancora frastornato, come dopo otto looping e una vite, non so che cosa fare. Poi ho un lampo. Parlerò di questa vicenda a una persona che può farmi uscire dal tunnel. Una che può aiutarmi. Intanto farò una telefonata, prima di recarmi in un luogo dove ho promesso che sarei andato a fare il mio dovere di militare e di uomo. Andrò in carcere.

12
L'uomo col tatuaggio

Il corridoio è stretto, le pareti tinte di un beige stanco che assorbe ogni traccia di calore. L'aria è intrisa di disinfettante e polvere, appena smossa dai passi pesanti degli agenti che guidano i visitatori verso la sala colloqui. Una luce al neon vibra lievemente sul soffitto, producendo un ronzio di fondo, monotono e ininterrotto, che descrive come meglio non si può la tensione nell'aria.

Attraversando il secondo cancello, il metallo scatta dietro l'avvocato Gentili con un tonfo secco e definitivo, come a delineare un marcato confine tra il dentro e il fuori. La sala sembra nuda, fredda, impersonale, arredata solo da tavoli di plastica fissati al pavimento, sedie rigide, vetri spessi a dividere alcune postazioni, mentre in altre si parla a pochi centimetri di distanza, sotto lo sguardo vigile dei sorveglianti.

Il vicepresidente dell'associazione Penelope siede davanti a un uomo magro, con la barba incolta e le guance segnate da un solco verticale che sembra una cicatrice lasciata dal tempo e chissà quali fatiche. Ha il simbolo dell'Aeronautica tatuato sul polso, segno di una passione che sfiora l'ossessione per una carriera che ha sempre sognato di svolgere, senza mai riuscirci. Si chiama Arjan Dreshaj, nazionalità albanese, ma residente a San Severo. Comune che dista trentacinque chilometri dalla Casa Circondariale di Foggia, dove si trova detenuto da ieri, per aver ucciso una pellegrina a San Giovanni Rotondo. Trascorre le giornate ciondolando tra la base di Amendola, dove sta ore col naso in su a vedere decollare gli aerei che immagina di pilotare, e i paesi limitrofi, consumando alcolici che offuscano una ragione già evidentemente menomata da altri problemi.

Nessun saluto, nessun gesto convenevole. Solo gli occhi dell'avvocato piantati in faccia e la sua voce che pretende una risposta: «Conosci questa donna?».

Gli mostra una foto di Giulia. Lui la squadra, abbozzando un irritante sorriso predatorio, poi, appoggiandoci sopra le tre dita centrali della mano destra, fa scorrere la stampa verso il mittente, accompagnandola con poche parole: «No. Non mi dice niente».

«Brutto str…» si trattiene il legale, che tira fuori un foglio A4 con il fermo immagine della telecamera dell'azienda turistica dov'è stata ripresa Giulia. La si vede chiaramente in volto, mentre lui, riconoscibile dai tratti e dalla corporatura, nonostante occhiali e berretto, l'accompagna con lo sguardo. «Non sei tu?»

«No» risponde lui inebetito, «è una donna.»

«Non lei, idiota. Questo dietro» indica piantando il dito sul petto della sua immagine ritratta. Poi aggiunge: «Le telecamere ti hanno ripreso mentre la seguivi anche all'uscita. Perché? Chi sei, cosa volevi da lei, l'hai uccisa? Parla! Chi ti manda?».

Lui guarda l'avvocato con l'aria persa su cui si intravede un accenno di paura, evidente poi nella ricerca di aiuto, quando ruota la testa perlustrando la sala invocando l'intervento di chiunque possa toglierlo da quella situazione.

In effetti qualcuno arriva, ma non in suo soccorso. È un maresciallo dei Carabinieri, che chiede di conferire in privato con l'avvocato: «Nicolò Gentili?».

«Sono io» risponde il legale.

«Ho visto dal registro che è venuto per incontrare il detenuto e credo voglia sapere gli sviluppi dell'indagine sull'omicidio di cui è accusato.»

«Certo, mi dica.»

«La vittima è stata identificata. Si chiama Lorenza Spadari, è una trentaduenne di Nocera Umbra. La conosce?»

«Veramente no, tentenna lui con un sospiro di sollievo. Sto cercando un'altra donna scomparsa, Giulia Robatti, che il soggetto ha seguito la sera del 26 gennaio scorso.»

«Il 26 gennaio ha detto?»

«Sì.»

«Mi faccia controllare» prende tempo il maresciallo, che si allontana di qualche metro per fare una telefonata, mentre Gentili scruta l'albanese, iniziando a maturare la convinzione che sia solo un folle disperato senza mandante né piani criminali finalizzati ad altro, se non il cedimento ai suoi impulsi carnali. Ne ha conferma dall'uomo in divisa, che torna da lui: «Il 26 gennaio, alle ore 22.10, circa, Arjan Dreshaj è stato fermato a San Giovanni Rotondo, in stato di ebrezza, a seguito di una denuncia per molestie giunta in caserma nel tardo pomeriggio di quello stesso giorno. Trattenuto per la notte, è stato rilasciato il mattino seguente».

Le 22.10? Riflette l'avvocato di Penelope. È poco dopo l'uscita di Giulia, conclude, quindi non può averle fatto niente. Forse quella pattuglia le ha salvato la vita.

«Grazie maresciallo» si congeda. Lascia la sala senza neppure tornare dall'uomo con cui aveva chiesto il colloquio. Non gli interessa più. Solo per puro caso è entrato in contatto con Giulia e, per quanto potesse risultare pericoloso, non ha avuto il tempo per esserlo concretamente. Almeno per lei. Purtroppo non possono dire lo stesso i parenti di Lorenza Spadari, ma questo non gli compete. A lui interessa sapere che quell'uomo non cercava specificatamente Giulia, non era stato assoldato dai Visintin e non le ha fatto alcun male. Lei, anzi, neppure si è accorta di lui. Se n'è andata come se niente fosse. Se n'è andata, sì. Ma dove?

13
In carcere

Milano è una città ordinata. Mi è sempre piaciuta, perché con la metropolitana puoi raggiungere ogni luogo di destinazione. Il mio target è al capolinea della linea 1 rossa. Proprio a due passi dalla stazione di Bisceglie è ubicato da anni il carcere minorile Beccaria, riservato ai minori che hanno combinato qualche «guaio grosso», ma che per fortuna non conosceranno l'inferno di un carcere per adulti, dove, se entri da mascalzone, esci sicuramente da delinquente. L'associazione ong Luigia Bigatti, che opera anche all'estero in aiuto alle popolazioni disastrate, ad esempio Haiti, ha un articolato programma di solidarietà che cura il reinserimento dei giovani con fedina penale sporca e la svolge proprio al Beccaria. Ha coinvolto in questo programma anche le forze armate. La Marina Militare manda al carcere, addirittura, i ragazzi del Comsubin, i nostri Navy Seal che non hanno niente da invidiare a quelli americani protagonisti di tanti film. Su di loro c'è una leggenda mai smentita. Si narra che nel 1963 un gruppo del Consubim, meglio conosciuto come Marò, abbia incendiato e distrutto, nel porto di Odessa, la nave *Cristoforo Colombo*, gemella dell'*Amerigo Vespucci*, oggi considerata da tutti la più bella nave militare del mondo. La *Colombo* era stata consegnata ai sovietici nel '48 come bottino di guerra, dopo la nostra sconfitta nel conflitto mondiale. La Marina avrebbe tollerato che navigasse un'altra nave uguale? Dopo quell'incendio venne definitivamente dismessa. Così, oggi, la *Vespucci* raccoglie ammirazione mondiale in solitaria. Ma è solo una leggenda. Forse.

I Marò vanno al Beccaria e insegnano tecniche di immersione in piscina ai giovani detenuti. In realtà li aiutano a contenere e convogliare in positivo le emozioni negative e distruttive in condizioni difficili. Magari non si immergeranno mai, ma molti di loro affronteranno acque davvero agitate nella vita. Anche l'Aeronautica ha aderito al programma dell'associazione. Il 313° aveva promesso che uno di noi avrebbe tenuto una lezione motivazionale ai ragazzi. Li ho avvertiti della mia disponibilità e, anche se con breve anticipo, è stata organizzata la mia visita. È una missione importante, tanto quanto quelle che svolgiamo su un caccia nei cieli. Eccomi qui, dunque, nella piazzetta interna del carcere. Mi presentano e ho intorno, seduti a terra, una trentina di ragazzi, tra i sedici e i ventun anni: anche qualche maggiorenne. È stato «graziato» e resterà qui a finire di scontare la sua pena.

«Dunque, ragazzi, potrei stupirvi con effetti speciali, raccontarvi che cosa combiniamo lassù, quando voliamo in nove, più il solista che si infila tra di noi mentre ci apriamo a rombo. Siamo a pochi metri l'uno dall'altro e sbagliare non è consentito. Siamo allenati a farlo, ma non da mesi. Da anni. Di noi dicono che viviamo in una sorta di autismo della disciplina, cioè non tolleriamo sorprese e cambi di programma. Siamo rigidi. Lassù, come quaggiù. Ma non è così. Viviamo di regole che ci siamo imposti entrando in Accademia.»

Un ragazzo mi interrompe: «Buongiorno, sono Ahmed e io le regole non le ho mai sopportate. Per la verità non le ho mai conosciute. Vengo dal Marocco e la mia famiglia è venuta in Italia sedici anni fa con un barcone. Mio padre ha cercato lavoro, senza trovarlo. Mia madre faceva le pulizie negli uffici. Due euro l'ora. Poi l'hanno licenziata. Vivono ancora in una casa occupata abusivamente. Una sera non c'era niente da mangiare e la mamma mi ha detto: "Ahmed sei grande devi pensarci tu". Sono uscito e, nei pressi della stazione, ho rapinato una signora. Orologio e borsetta. Ho fatto centocinquanta euro. Bel lavoro, pulito. L'ho rifatto alla stazione Garibaldi: duecento euro. Sono diventato bravissimo. Alla settima rapina un signore si è ribellato gli ho dato un pugno, è caduto e ha battuto la testa. È finito in coma. Mi ha beccato la Madama e il giudice mi ha dato tentato omicidio: dieci anni con la condizionale. Quando esco non voglio più fare rapine, ma se non mi fanno lavorare come campo? Il poliziotto che mi ha portato dentro mi ha detto: "Quelli come te non sanno fare niente, tu non hai la testa per lavorare, avere degli orari, avere dei doveri". Forse ha ragione. Io non credo più in me, io non credo più in niente».

«Caro Ahmed, voglio raccontarti una storia, la mia storia. Sono nato in una famiglia povera. Non come la tua, lo so. Mio padre faceva l'operaio, mia madre la casalinga. Stavamo in una casa in affitto con la zia e la nonna per dividere le spese in provincia di Modena. I miei non potevano permettersi lussi. Non sono mai andato alla settimana bianca e oltretutto non mi piace sciare. A sedici anni, appena la legge lo permette, sono andato a raccogliere ciliegie nei campi. Dalle mie parti siamo pieni di ciliegie. Devi stare attento quando le cogli dall'albero, se le stacchi senza gambo non durano, le buttano e non ti pagano. Guadagnavo poco, ma mi ci sono comprato un motorino.

«È stata una straordinaria scuola motivazionale. Ho capito che fare l'operaio è durissima e dunque mi sono detto: "Studia, studia, studia". Potevo concedermi al massimo il lusso di una pizza a Modena città e ogni volta che passavo davanti all'Accademia militare vedevo uscire i cadetti in uniforme da libera uscita. Il primo pensiero di fare il militare mi è venuto lì. Non ero disposto a farmi mantenere all'università, volevo la mia autonomia. Insomma, più che l'amor, poté il digiuno, sai che cosa intendo. La decisione di entrare in Aeronautica, invece, è arrivata un giorno mentre ero in classe, lezione di latino. Ho visto passare un F-104 sopra la scuola dalla finestra. Era velocissimo, faceva un rumore pazzesco. Era... il mio biglietto verso la libertà. A diciannove anni ho fatto il concorso per Pozzuoli e l'ho vinto. Veniamo al dunque. Mi hanno mandato a Latina, alla scuola volo basico, dove prendi in mano per la prima volta la cloche. Il mio istruttore era un capitano, simpatico, ma rigido come un baccalà. Mi faceva ripetere sempre le stesse cose: virata di 180 gradi, 60 di inclinazione, virata a 60 gradi. "Nooo, perdi quota, spingi la pedaliera, somaro!"

«Alla terza missione ho fatto un atterraggio pesante, per usare un eufemismo. Mancava poco che ci schiantassimo, perché avevo richiamato l'aereo troppo presto. Roba tecnica, inutile vi spieghi. L'istruttore mi ha urlato nelle orecchie ancora quel "somaro". Poi gridò: "Io c'ho moglie e due figli, con te non volo più. SOMARO!". Giuro che stavo per dargli un cazzotto, ma avevamo il casco e mi sarei fatto male alla mano...»

«A capità, sapesse quanti ne ho dati di cazzotti io.» A

parlare, questa volta, è Bernardo, un ragazzo di origini romene, adottato da una famiglia di Terni. Racconta che ha piantato una coltellata nel polmone a uno con cui lavorava, in una fabbrica di salumi, perché lo aveva apostrofato «romeno di merda». Tentato omicidio, dodici anni.

«Con quel cazzotto io avrei sbagliato. I problemi si affrontano nei modi giusti. La violenza chiama altra violenza. Senti com'è finita. Quando eravamo a terra, lui, dico l'istruttore, mi ha detto: "Gatti, tu per aria non ci stai bene. Fai un altro mestiere. Vai in Marina o nell'Esercito. Togliti da qui". Io ho pianto un giorno intero in camera, peggio di un bambino. I miei compagni cercavano di consolarmi, invano.»

«E poi?» mi chiede un altro ragazzo.

«Il giorno dopo sono tornato a volare, missione numero dodici. Ero terrorizzato e ho scoperto che mi avevano cambiato istruttore. Quello con "moglie e due figli" mi aveva proprio scaricato. Il nuovo era un tipo buffissimo: barba sfatta, capelli in disordine, tuta di volo piena di macchie. Aveva una panza che a stento riusciva a entrare nell'abitacolo. Parlava pochissimo, diceva solo: "Vai, è tuo". Io ho eseguito le manovre: corrette. Sono atterrato decentemente e quando eravamo giù mi ha dato un consiglio che conservo ancora oggi: "Gatti, hai capito che non si vola con le mani? Si vola con il cervello. Stai calmo, non mollare mai e andrà tutto bene". Non ho mai più mollato. Ora sono un pilota. Capito, ragazzi? Venivo dal niente e ora ho la possibilità di salire tutti i gradi gerarchici. La struttura militare è l'unico esperimento di socialismo reale portato a termine. A tutti le stesse opportunità Devi dimostrare valore e coraggio sul campo. Il resto non conta. Che tu sia uomo, donna, gay, fluido, bianco o nero è secondario. Devi pilotare e basta. L'aereo non ti chiede da dove vieni e chi sei. Pretende abilità. Dunque, ragazzi miei, mai scoraggiarsi, mai darsi per vinti, mai ascoltare quelli che vi smontano la fiducia. Avete sbagliato, lo so, ma c'è sempre una via d'uscita. E poi bisogna combattere per quello in cui si crede.» Sono fiero del mio discorso. Li avrò convinti?

Interviene quello che sembra il più anziano di tutti: «Capitano, io sono tunisino e ho sempre combattuto. Soprattutto per la famiglia. Per me la famiglia è fondamentale. Mia sorella usciva con un tipo delle mie parti. Uno stronzo. Un giorno lei è tornata casa con un livido. Le ho chiesto: "Chi te l'ha fatto?". E lei zitta. È successo una, due tre volte. Ok, ci penso io, mi sono detto. Ho preso il machete, sono andato a casa di quello e gli ho dato uno, due tre colpi alla gamba. Proprio mentre stavo finendo il lavoro è arrivata la Polizia. L'aveva chiamata mia madre, che mi aveva viso uscire con l'arma. Pensava che l'avrei ucciso ed era proprio quello che volevo fare. Sono qui al Beccaria grazie a lei. Mi chiedo ancora se è andata meglio così. Io lo spero».

«Sicuramente. Non c'è mai un motivo giusto per togliere una vita e te lo dico io che sono pagato, anzi programmato per farlo, in caso di guerra.»

«L'ha mai fatto, capitano?»

La domanda mi coglie impreparato, ma non troppo.

«No, io ho la fortuna di essere un intercettore. Noi ci limitiamo a correre in cielo per controllare se qualcuno vuole fare casino. Ma alcuni miei colleghi più anziani, quelli che operano sui cacciabombardieri, tipo i Tornado, sono stati impiegati in alcuni conflitti dei nostri giorni. Hanno sganciato bombe su obiettivi strategici, intendo obiettivi militari. Sapevano cioè che avrebbero colpito: depositi di munizioni, centri radar, cose che possono costituire un pericolo per la pace.»

«Dite questa parola, pace, poi siete militari pagati per fare la guerra. Io l'ho scatenata, contro quel porco che picchiava mia sorella e ora sono qui in carcere, mentre lei è un eroe...»

Sono spiazzato, perché tutto sommato non ha torto. Vorrei dirgli tante cose. Preferisco pensare che il tempo della visita è finito.

Esco dal Beccaria con tanta, tanta tristezza e una certezza: il mondo è davvero ingiusto. C'è chi nasce di qua e chi nasce di là. Io, nel mio piccolo, con la mamma che rammendava i calzini per non gettarli, sono nato di qua. Che cosa posso fare io oggi per cambiarlo in meglio questo mondo? Solo il mio dovere. In silenzio. Intanto ripenso a quelle parole: mia sorella, avrei ucciso per mia sorella. Anch'io ho una sorella nel cuore, la sorella di mio fratello. Sto facendo abbastanza per lei?

Sono in metropolitana quando arriva la telefonata.

«Capitano come sta?»

«Chi parla?»

«Sono l'avvocato Nicolò Gentili, quello dell'associazione Penelope. Abbiamo tentato di chiamare il suo collega, il capitano Robatti, ma ha il telefono staccato. Forse è in volo, o forse è di nuovo in missione nel Nord Europa... voi militari, sempre in posti caldi: non vi invidio. Comunque, volevamo dirgli che ci sono novità, ma per il momento quindi le riferisco a lei.»

«Quali?»

«La signora Elisabetta ha ricevuto una mail veramente importante.»

«Dica, non mi tenga sulle spine.»

«La mail recita: "Ok ben, Chicca".»

«Quindi?»

«La signora Elisabetta dice che solo sua figlia poteva mandare questa mail. Chicca è il soprannome che in famiglia le avevano dato da bambina. Quindi quel messaggio lo ha mandato sicuramente lei e significa una sola cosa: Giulia è viva. Ma dove si trova resta un mistero.»

14
Il distruttore dei mondi

Sono sceso dalla metro e sto tornando in piazza Novelli. Tra le mura dell'Aeronautica mi sento più protetto, è casa mia e posso concentrarmi meglio. Entro al circolo ufficiali mostrando il tesserino, ordino un caffè e una brioche e richiamo subito l'avvocato: «Scusi, ero in metro e il rumore copriva le sue parole. Mi spieghi meglio».

«Stavamo continuando con le nostre indagini. Senza grandi risultati, confesso. Ci eravamo attardati su un foglio trovato nella stanza dove Giulia dorme quando si ferma dai genitori. C'erano frasi confuse sulla necessità di salvare il mondo da un pericolo incombente, di scienza che cerca il male e non il bene. C'era perfino una frase celebre.»

«Cioè?»

«"Sono diventato Morte, il distruttore di mondi." Viene attribuita al celebre fisico Oppenheimer l'inventore della bomba atomica a cui hanno dedicato recentemente un film. Insomma sembrava un delirio mistico e non prometteva nulla di buono. Nel frattempo, abbiamo intensificato, con la collaborazione di un magistrato molto responsabile, l'attività di controllo dei parenti del conte veneziano. Lo tenga per lei: anche con qualche cimice sulle auto e in alcune abitazioni... Niente. Poi quella mail è stata una svolta inaspettata. Evidentemente è viva. Se è stata rapita qualcuno però la tiene prigioniera. Oppure, ed è ciò che speriamo, non vuol farsi trovare per ragioni che ci sfuggono.»

«Da dove è stata inviata la mail?»

«Impossibile stabilirlo. Viaggia con un Vpn, una linea privata. Il gestore dell'account è irrintracciabile e anonimo. Non trasmette da una rete pubblica. È una rete protetta. Potrebbe spedirla una persona che si trova a Hong Kong e risulta a Roma o chissà dove. Un gioco da ragazzi per un'ingegnera informatica. Ma c'è dell'altro nel messaggio. Aggiunge: Katia, Polizia, file.»

«Aspetti un attimo: ha detto il nome Katia?»

«Sì, Katia, le dice qualcosa?»

«Penso di poterlo dire a un avvocato senza violare leggi. Oggi un magistrato di Milano mi ha convocato in Procura come persona informata sui fatti. Quali siano questi fatti ancora non lo so. E mi ha chiesto se conoscevo una certa Katia Brogiotti.»

«Chi è?»

«Una ragazza trovata cadavere in Olanda, pare avvelenata. Aveva una chiavetta Usbc con dentro file destinati a me.»

«E lei la conosce? Quali file?»

«Il contenuto non me l'hanno rivelato e ho risposto al magistrato: assolutamente no, non so chi sia. Ma ora quella mail cambia tutto. Evidentemente Katia e Giulia sono legate da chissà quale filo.»

«Mi sembra una faccenda... più grande di noi. Ah, dimenticavo: nella mail c'è anche una fotografia. Ritrae un aeroplano in volo.»

«Me la mandi.»

«Ce l'ha su WhatsApp in dieci secondi.»

Controllo il telefono. «La sto guardando. Non è un aereo: è un drone, cioè un velivolo pilotato a distanza. Non conosco il modello, non è proprio materia mia.»

«Quindi?»

«Quindi cosa? Che cosa vuole da me?»

«È un pilota, saprà se la foto di quell'aereo ha un significato.»

«Avvocato, parlate tutti la stessa lingua. Non ne ho idea. Non riesco a esservi utile. Stia vicino alla famiglia di Giulia e continui con i suoi appelli in tivù. Magari spunta qualche testimone.»

«Noi non ci arrendiamo mai. Lei invece che cosa farà?»

«Niente, torno a Rivolto a esercitarmi per la prossima manifestazione aerea.»

«Allora buon volo, si dice così nel gergo vostro, no?»

«Sì, grazie.»

Gli sto mentendo. Non torno affatto a Rivolto. Telefono alla segreteria comando del 313°, avvertendoli che prenderò una settimana di licenza per motivi famigliari. Invento che la mamma ha «una brutta influenza, non vorrei fosse Covid».

Poi acquisto online un biglietto sul Freccia Rossa, destinazione Roma. C'è una visita che non posso più rimandare.

15

Nella tana delle spie

L'ho chiamata e mi aspetta in ufficio. A Roma, via dell'Università, Stato Maggiore dell'Aeronautica. Là dove si puote ciò che si vuole. Mi ha detto: «Anche stasera, se arrivi in tempo, fratellino». Lei è Marta, il maggiore Marta Mulas, nata a Cagliari, il capo del corso Turbine 5, la prima, per quattro anni, per studio e attitudine al volo e, dunque, sciabola d'onore. Proprio come Samantha Cristoforetti. Una tosta, veramente tosta. Non a caso è già un ufficiale superiore da un anno e non solo in quanto sciabola d'onore. Dopo la scuola in Texas sul T-38, dove ha concluso con l'ambito trofeo di «Top Gun award», cioè miglior pilota, è tornata in Italia, dove è stata assegnata al 3° Stormo a Villafranca, sull'Amx. Aveva un destino segnato: l'F-35, ma all'improvviso le ha cambiato le carte in tavola. Durante una missione, l'aereo ha avuto un avvitamento imprevisto. Il motore ha perso potenza e poi si è spento. Ha tentato di riavviarlo, invano. Era su una zona abitata e il suo dovere era portarlo lontano, per evitare danni a case e, soprattutto, a persone. Intanto, il timone di coda era impazzito. È riuscita ad arrivare sul mare, quando le fiamme stavano già lambendo l'abitacolo. Finalmente ha tirato le maniglie e si è eiettata. L'hanno recuperata con un elicottero e portata in ospedale malconcia.

Tutte le fasi dell'emergenza sono state registrate dalla scatola nera, che è stata poi ripescata. La commissione d'inchiesta le ha attribuito una medaglia d'argento al valor militare, ma i suoi polmoni hanno respirato aria mista a cherosene. Poi il trauma da espulsione... insomma, le hanno imposto almeno due anni di stop al volo. L'hanno spedita a Firenze, scuola di guerra, promossa maggiore e, vista la sua seconda laurea in Giurisprudenza, assegnata al Reparto generale sicurezza (Rgs). Nella brochure dello Sma non si fa nemmeno menzione al Rgs. Tutti lo sanno che cos'è e che cosa si fa al Rgs, ma è proibito perfino menzionarlo. Il Rgs è quello del servizio informazioni. Il nostro servizio segreto. Ufficialmente si occupano soltanto di inchieste sugli incidenti aerei, sia militari sia civili, ma chissà qual è il loro reale range d'azione.

Arrivo in via dell'Università alle 19 circa e mi dirigo a piedi alla Casa dell'Aviatore, un chilometro scarso dalla stazione Termini. È il nostro circolo ufficiali, dove noi soci mangiamo e dormiamo con poche decine di euro. Mi danno la stanza 24, secondo piano.

Alla reception c'è un messaggio per me. Sulla busta c'è scritto CAPITANO ROLANDO GATTI, S.P.M.

Apro. «Stanza 21, arrivo alle... 21. Forse anche prima. Marta.»

Questa sì che è una bella sorpresa. Sono un po' malizioso o è davvero un invito esplicito a «socializzare»? Quando dicevo che in Accademia tra me e Marta c'è sempre stata grande sintonia, non immaginavo così tanta. D'altro canto che male ci sarebbe? Io sono scapolo, lei è nubile. Non facciamo del male a nessuno.

Salgo in ascensore, tappezzato dalle fotografie di un Amx e di un C-130 da trasporto, apro la porta della stanza e… colpo di scena: Marta è già lì, seduta sul letto, camicia azzurra d'ordinanza sbottonata, da cui scorgo un magnifico panorama. Sarà entrata con un passe-partout. Ah, le spie…

La guardo e scatto sull'attenti: «Signor maggiore, a rapporto».

«Riposo, capitano. Si metta comodo. *Molto* comodo.»

«Mi sfugge qualcosa, signor maggiore?»

«Negativo. Ho detto si metta comodo. È un ordine.»

«Obbedisco.»

Volano via la sua divisa e i miei vestiti. Ora siamo soltanto un uomo e una donna di trent'anni, giovani e liberi.

16
Intrigo internazionale

Ci svegliamo prima delle 6, solito implacabile orologio biologico. Marta ha i capelli sciolti, un po' disordinati, e tira verso di sé il lenzuolo. Io vorrei dormire ancora, non sono in servizio.

Lei è già un grillo, seduta sul letto. Faccio per abbracciarla, ma si ritrae ridendo. Spingo il pulsante elettrico per alzare la tapparella e guardo fuori. Il cortile dello Stato Maggiore è già brulicante di persone, avieri di guardia, ufficiali che smontano dal servizio e altri che arrivano. Marta si alza e mi indica il suo ufficio.

«È il terzo da destra, al quinto piano. Abbiamo due ore prima che ricominci la musica. Sto firmando così tante carte che mi sono fatta i bicipiti anche senza andare in palestra. Scommetto che ti batto a braccio di ferro… ma, per la verità, a quest'ora io sono già in strada e faccio jogging. Mi sembra che di ginnastica stanotte ne abbiamo fatta a sufficienza.»

«Per me anche troppa.»

«Ti fa bene, Rola. Rispetto ai tempi dell'Accademia hai messo su almeno quattro o cinque chili. Non avete la palestra a Rivolto?»

«Ce l'abbiamo e la frequento quasi ogni giorno. Ma hai

voglia a bruciare calorie se ne ingerisci comunque troppe. In Friuli si mangia benissimo. Non so resistere al fricco, il formaggio fritto, patate e cipolla, nemmeno alla gubana, un dolce pazzesco. Ah, e gli gnocchi di patate con susine dove li mettiamo? Non parliamo poi dei vini. Verduzzo di ramandolo, Ribolla, Friulano, quello che una volta si chiamava Tocai. Tra l'altro, ti confesso che mi sono portato anche un pacco di tigelle modenesi delle mie parti. Sono crescentine tipo pane che si tagliano a metà, si condiscono con lardo, parmigiano e aglio, a volte oso la variante con prosciutto di San Daniele.»

«Le conosco. Mi stai mettendo un grande appetito, ma non so se è il caso che facciamo colazione insieme giù al ristorante. Se ci vedono, anche arrivando sfalsati, sai che cinema? Magari dopo sali da me in ufficio e lì posso ordinare un paio di brioche.»

«Ti confesso che, da buon emiliano, per me la prima colazione è un po' tabù. Io sono da primi e secondi. Per quel che riguarda stanotte... volevo dirti che è stato bellissimo, anche se non immaginavo che tra noi due potesse nascere qualcosa di tanto intimo.»

«Senti, come pilota sei un asso, ma come seduttore lasci molto a desiderare. Se non era per il mio spirito di iniziativa, mi sa che stanotte dormivi nel tuo bel lettino, scrutando un F-35 sul muro. È dal secondo anno che ti punto, non te ne sei mai accorto? Non ricordi che ti seguivo ovunque, che al giuramento ti ho preso sottobraccio? Ti coprivo perfino con gli anziani del terzo anno. Una volta mi sono beccata quindici giri di corsa del piazzale al posto tuo, perché ne avevi combinata una... non mi ricordo che cosa...»

«Una delle tante. Forse avevo dimenticato i libri di meccanica in aula.»

«E io ho detto che erano i miei...»

«Ci avevano sconsigliato relazioni tra commilitoni. E poi in quegli anni era già un buon risultato arrivare a sera. Ero intontito dalla disciplina, dagli obblighi, con i piedi pieni di vesciche per i giri di corsa di punizione. Poi quell'odore strano.»

«Ah, me lo ricordo bene: l'odore della solfatara di Pozzuoli misto al linoleum e a quello delle cucine. Un'arma batteriologica per pinguini spaventati...»

«Ora comprendi se avevo la testa da un'altra parte.»

«Ho capito... ma fuori, in libera uscita, in borghese? Lì mamma Aeronautica mica ti controllava con il radar. Di' la verità, tu ronzavi attorno a quella moretta, con lo sguardo languido, un po' sulle sue. Sì, la sorella di Mario... mi pare si chiamasse Giulia.»

«Ecco sono venuto fin qui proprio per parlarti di lei.»

«Vi siete poi messi insieme?»

«Per un po'. Una storia lunga. Ma non è una vicenda d'amore. È un casino. No, il motivo della visita è un altro.»

«E che c'entro io con la signorina, o signora? Ha sparato a un ministro? Ha rapinato il jet di suo fratello? Non siamo la Polizia Militare, ci occupiamo d'altro e non mi è permesso rivelarti di che cosa.»

«Nemmeno se ho il Nos, il nulla osta sicurezza Nato?»

«Ci sono livelli di sicurezza ben superiori, livelli Nato più elevati ed evidentemente tu non li hai. Comunque vediamo se riesco a esserti utile, nei limiti dei miei doveri.»

«È una cosa veramente lunga e complessa. Giulia è scomparsa.»

«È una civile, c'entro sempre meno. Vai a *Chi l'ha visto?*»

«Già fatto, ma c'è dell'altro. Forse è meglio se ne parliamo nel tuo ufficio.»

«Va bene. Allora ci vediamo lì alle 8. Io passo dalla mia

camera, mi do una sistemata, mi cancello le occhiaie e vado a bottega. Tu mettiti in divisa. La strada la conosci.»

«A dopo maggiore e grazie.»

«E basta con 'sto Maggiore. Mangia meno e scopa di più, soldatino. A dopo.»

Se ne va in silenzio, tre porte più a sinistra nel corridoio. Io faccio la doccia, mi sbarbo, metto la divisa blu con berretto d'ordinanza e scendo alla sala caffè. Al banco ci sono tre colonnelli e due generali di divisione che parlano tra di loro di calcio. Alte gerarchie che vedo raramente, ma qui siamo nell'Olimpo. Scatto sull'attenti, non mi degnano nemmeno di uno sguardo. Bevo il mio caffè, assaggio un cornetto che a Roma è una cosa seria, sfoglio nella raggiera un giornale. Poi mi avvio al tornello che collega la Casa dell'Aviatore direttamente allo Sma.

Il piantone mi fa passare esibendo i documenti e sono al terzo piano, ufficio B, Rgs, maggiore Marta Mulas. Suono il campanello. La luce rossa diventa verde. Entro.

«Buongiorno maggiore...»

«E dajeeeee. Siediti, Freccia del piffero. Ho poco tempo quindi vai al sodo.»

Le racconto tutto per filo per segno, di Giulia, del suo divorzio, di Katia, della mail. Soprattutto di quella foto. Gliela mostro. Lei diventa improvvisamente interessata. «Dove l'hai presa questa foto?»

«Te l'ho detto, era contenuta nella mail.»

«Lo sai che cos'è questo gioiellino?»

«Non so niente di droni. Dimmelo tu.»

«È un XQ-58A Valkyrie senza pilota dell'Air Force. Non è una macchina come le altre. È gestito interamente dall'intelligenza artificiale. Rappresenta il "primo, grande sforzo delle forze armate statunitensi per sfruttare le capacità di una tecnologia emergente, i cui vasti benefici potenziali sono mitigati da profonde preoccupazioni su quanta autonomia concedere a un'arma letale". Questo è ciò che ha dichiarato il Pentagono al *New York Times*.»

«Spiega meglio...»

«Prima di spiegare, dimmi che cosa ci faceva la foto di un Valkyrie in una mail inviata dalla tua ex fidanzata alla sua mamma?»

«Non lo so, non lo so, non lo so. Sono due giorni che ripeto stancamente questa frase. Non lo so. Mi trovo come su un aereo lanciato in vite verso uno terreno ignoto e con i comandi che non rispondono più.»

«A me è successo, bellino, l'ho provata quella sensazione sull'Adriatico. Ero pronta a morire, poi ho tirato le maniglie d'espulsione e sono ancora qui. Costretta a terra, ma viva.»

«Ho saputo del tuo incidente. Mi dispiace tantissimo...»

«Facciamo la vita che ci siamo scelti. E non la cambierei con nessun'altra.»

«Nemmeno io. Ma adesso, ti prego, Marta, spiegami meglio.»

«Lo dico a un pilota: chi controlla un drone controllato a sua volta dall'intelligenza artificiale? Fin dove sarà possibile fermare le macchine lanciate verso un obiettivo se pensano da sole? Hai mai visto al cinema *Terminator*? È una pellicola di fantascienza che prefigura un mondo in cui le macchine hanno preso il sopravvento sugli umani e vogliono distruggerli.»

«Se è per questo ho visto anche *2001: Odissea nello spazio*. Ma siamo al cinema... Be', conoscendo la serietà degli inglesi, ci staranno riflettendo su e anche gli americani faranno lo stesso. Comunque mi sembra siano scenari molto lontani dalla nostra Italia.»

«Speriamo. Per altro è stato approvato un protocollo per scambio di informazioni ed eventuali impieghi di droni guidati da AI a livello Nato.»

«Dovessero mai arrivare anche in Italia, chi li gestirebbe?»

«Amendola, quelli del 28° Gruppo. È l'unico in cui operano i droni.»

«Lo sai che Giulia è stata fotografata un paio di mesi fa, mentre partecipava a una manifestazione pacifista proprio ad Amendola? Che cosa l'abbia mossa in questa direzione è per me un mistero.»

«Ma che rompiscatole questa Giulia, è pure pacifista! Facile invocare la pace, poi Putin invade l'Ucraina e tutti scoprono l'importanza della difesa e di noi militari. Per fortuna l'hai mollata in tempo. Capitano, il tempo è scaduto. Ho da fare, non ti dico che cosa, ovviamente. Ti accompagno alla porta.»

Poi d'improvviso, facendosi scura in volto, mi chiede: «Hai detto che in quella chiavetta Usbc c'erano altri file indirizzati a te?».

«Esatto.»

«Non riferire a nessuno, dico nessuno, questa conversazione. Vedrò di scoprire che cosa c'è in quei file. Un ufficiale di carriera innamorato di una pacifista: questa mi mancava!»

«Non sono innamorato di lei. È accaduto e finito tutto tanto tempo fa. Anzi... Marta è stato bello ieri notte. Non lo facevo da un sacco di tempo. Casomai... potremmo rivederci?»

«Non lo so, dipende. Forse mai. E adesso che ci penso... come si permette, capitano, di andarsene così? Non l'ho ancora congedata. Stia sull'attenti, ricordi che sono un suo superiore!»

«Comandi, signor maggiore, coman...»

«Vada pure, adesso. Vada capitano.»

17
Un altro omicidio

Brunssum è un ridente cittadina olandese di circa trentamila abitanti, non troppo lontana da Maastricht, dove i turisti possono godere lunghe passeggiate sul fiume e assistere festival di musica locale. Ma questa località è nota soprattutto perché vi ha sede la Joint Force Command (Jfc), una struttura Nato e interforze. Insieme ai due paritetici, Jfc Napoli e Jfc Norfolk negli Stati Uniti, è uno dei tre Comandi operativi della Nato dipendenti dal quartier generale del Comando supremo potenze alleate in Europa, Supreme Headquarters Allied Powers Europe (Shape). In particolare, Jfc Brunssum si occupa della gestione della presenza e deterrenza sul fianco est dell'Alleanza atlantica. Ucraina inclusa. Il suo compito è coordinare le operazioni di peace-keeping e pronto intervento sui teatri più infuocati del Mediterraneo e non solo. Da Brunssum sono state guidate le operazioni congiunte in Afghanistan. Negli ultimi tempi, l'Italia ha l'onere, oltre che l'onore, di assumere il comando della base, alle dipendenze del generale italiano a quattro stelle Vincenzo Migliarini. È uno dei Sancta sanctorum dell'Alleanza atlantica, una base su cui si raccontano leggende di ogni genere. Una di queste è che qui avesse fatto scalo tecnico il gruppo di canarini dei Navy Seal diretti ad Abbottabad per uccidere Osama Bin Laden.

Avvicinarsi alla base è altamente «sconsigliato». Entrarvi senza autorizzazione impensabile. Lo sapeva bene il sergente maggiore dei Marines John Lo Cascio dell'Ohio, di chiare origini italiane, che quella sera era di pattuglia al perimetro più esterno della rete che circonda la base.

Una serata di routine come le altre. Cielo nuvoloso, temperatura dodici gradi centigradi, tendenza alla pioggia. In Olanda non è una novità. Ma la sua serata diventò improvvisamente infuocata, quando vide in lontananza i fari di un mezzo.

Essendo le 22.30 non aspettava nessuno, altrimenti lo avrebbero scritto sul foglio d'ordine. Con l'avvicinarsi del mezzo riuscì a inquadrarlo con l'uso dei visori notturni: era un fuoristrada Mitsubishi di colore rosso, diretto a tutta velocità verso l'ingresso laterale, lato est, dell'impianto bellico. Il sergente non sapeva come comportarsi, se non intimare l'alt una volta che il veicolo avesse superato il terzo cartello recante in tre lingue la scritta OBIETTIVO MILITARE, FERMARSI ALL'ALT O USO DELLA FORZA LETALE CONSENTITO. Aspettò.

Il fuoristrada, però, non accennava a fermarsi. Procedeva ad almeno novanta chilometri l'ora, dritto verso il cancello. A duecentocinquanta metri il sergente imbracciò il fucile automatico e sparò tre colpi in aria. A cento ne sparò altri due, dopo aver lanciato l'allarme via radio, temendo un attacco kamikaze. Poi, di colpo, il mezzo scartò sulla sinistra, sbandò e fermò la sua corsa impazzita contro un platano che, durante il giorno, inondava d'ombra la zona circostante. Fu allora che il militare chiamò con il fischietto due colleghi di guardia e tutti insieme aprirono il cancello, correndo verso il mezzo.

Tra le lamiere contorte del fuoristrada, scorsero subito un passeggero lato guida. Anzi, una passeggera, sui trent'anni, carnagione leggermente olivastra. Purtroppo un grosso ramo del platano l'aveva trafitta in pieno petto, senza darle scampo. Tentarono di aprire la portiera invano. Fu fatta arrivare una squadra del Genio militare che, con attrezzi pesanti, riuscì a crearsi un varco. La portiera venne divelta ed estratto il corpo senza vita della vittima. Indossava un tailleur blu, con bottoni dorati di Versace, pantaloni beige e scarpe di ottima fattura italiana.

Il corpo venne issato sulla barella di un'ambulanza militare, portato nel pronto soccorso dell'infermeria e disteso su un letto per pazienti.

Sopraggiunse la Polizia Militare per evidente competenza. Un agente indossò i guanti sterili e iniziò a frugare nelle tasche della giacca alla ricerca di documenti. Una carta d'identità sbucò da quella interna sinistra. C'era il nome: Lucia Zanovello, nata a Sondrio il 12 aprile 1993, residente ad Aprica, domiciliata a Hengelo, nazionalità italiana. Proseguendo nella sua indagine primaria l'Mp frugò ancora. La tasca destra conteneva una chiavetta Usbc, apparentemente in buone condizioni e il ritaglio di un giornale italiano, lingua totalmente sconosciuta al poliziotto. Non al sergente Lo Cascio, che scriveva spesso ai suoi lontani parenti di Noto. Lesse e tradusse.

Il poliziotto di turno impugnò la radio walkie talkie, avvertì il superiore che fece partire una serie di chiamate a salire. Toccò al tenente colonnello Andrea Milas, granatiere di Sardegna e aiutante di campo del comandante, assumersi la responsabilità di svegliare il generale che, quando non c'erano esigenze di servizio, era solito ritirarsi poco dopo le 22.

«Scusi, signor generale, abbiamo avuto un incidente poco fuori della base.»

«Che tipo di incidente? Qualcuno si è sparato accidentalmente?»

«No, un tentativo di incursione.»

«Ah, allora è una cosa seria.»

«Temo di sì, anche perché non è finita qui. Una ragazza di nazionalità italiana, purtroppo deceduta nello schianto della sua auto, aveva in tasca un ritaglio di giornale.»

«Riguardo a...»

«Era il *Corriere della Sera*. Riportava la notizia del cambio di comando a Brunssum, con una fotografia del generale tedesco uscente, mentre stringeva la mano al subentrante: lei generale Migliarini. La particolarità di quel ritaglio è che il suo volto è stata contornato a pennarello da un cerchio rosso. Pensiamo che lei, signore, potesse essere l'obiettivo di questa incursione.»

«Una kamikaze?»

«Forse.»

«Ma è riuscita a violare il perimetro?»

«No, si è fermata cento metri al di fuori.»

«Quindi se il fatto è avvenuto su una strada pubblica è di competenza della Polizia olandese. Meglio così. Avvertite il locale commissariato. Faranno loro le indagini. Ah, date una voce anche all'Interpol italiana, essendo la vittima una connazionale. Vedano un po' loro chi è questa donna. In attesa di sviluppi allestite in sala criptata un collegamento con il comando Nato a Napoli e con quello di Norfolk in Virginia. Meglio coinvolgerli. Se sono un gruppo organizzato forse prenderanno di mira anche le loro basi. Scendo subito.»

Quando la notizia della tragica morte di Lucia Zanovello arrivò sul tavolo dell'ispettore Gianni De Falco, funzionario di turno all'Interpol di Roma, fu sufficiente aprire il computer, digitare le parole «morta in Olanda» per fare due più due. E si scatenò l'inferno.

18
Vino amaro

A Villa Orlanda, sulle colline tra Conegliano e Valdobbiadene, la luce del tramonto accarezza i filari come un velluto dorato. Cecco Visintin, fratello del defunto Luciano, ex marito di Giulia Robatti, è affacciato sulla loggia sorseggiando un calice del suo miglior metodo classico. Lo fa rimbalzare da una guancia all'altra, ne inghiottisce un sorso e sputa il resto. Non capisce niente di vino, per lui è solo un prodotto da vendere, una differenza tra costi e ricavi, che, però, risultano da troppo tempo insufficienti. Sotto i suoi Ray-Ban neri e un sorriso da rivista, che simula anche in solitudine, si apre un baratro più profondo delle valli sottostanti.

Diciotto milioni di euro. Quella cifra gli rimbomba nella testa, con tutto l'umiliante giudizio che trascina con sé. Ha sempre criticato la gestione dissennata del fratello, che aveva trivellato le casse della famiglia fino a toccare gli otto milioni di profondità finanziaria. Un debito importante, a cui non ha retto, per quanto sembrava irreparabile. Lui, in soli due anni, è riuscito addirittura ad aumentarlo più del doppio. Una voragine cresciuta in silenzio, come la muffa sotto l'elegante tappeto veneziano del loro buon nome. Le speculazioni fallite, la ristrutturazione della tenuta, il nuovo impianto di imbottigliamento in Romania. Tutto questo, unito a una rara capacità di sperperare in ogni modo, si è mangiato il capitale dell'azienda vinicola di famiglia. I fusti in cantina sono pieni, ma i conti vuoti. Certo, ci sono le proprietà in garanzia, ma l'onta di un pignoramento sarebbe peggiore del collasso finanziario. Non è tollerabile, e se suo fratello si è tolto la vita per la paura di subire una simile gogna sociale, Cecco ha tutta l'intenzione di evitare lo scandalo con ogni mezzo, legale o illegale, ed è quello che sta spiegando al commercialista tramite il telefono intestato all'azienda spagnola riconducibile alla sorella, dopo vari intricati passaggi: «Ascolta, Rinaldi, o mi trovi un altro veicolo in Lussemburgo o finisco in pasto ai cani. Niente carta intestata, niente passaggi tracciabili. Il fondo agricolo lo intestiamo a mio cugino, quello che vive in Belgio, tanto nemmeno si accorgerà di averlo».

Dall'altra parte della linea, oltre al dottor Sergio Rinaldi, c'è il sostituto procuratore di Milano, Corrado Mosti, il commissario Gianni De Falco dell'Interpol e il tenente colonnello Ettore Ghioni, carabiniere della Polizia Militare, gli stessi che stanno indagando anche sull'omicidio delle due donne in Olanda e tengono aperta la pista dei Visintin per scoprire cosa sia accaduto a Giulia.

«Frode fiscale internazionale e intestazioni fittizie» commenta il primo «non è solo evasione, è riciclaggio.» C'è di più, però, al punto che, dopo questa intercettazione hanno chiamato anche il vicepresidente Nicolò Gentili dell'associazione Penelope, il quale resta un po' sorpreso della convocazione: «Che c'entriamo noi con presunti reati fiscali?».

«Voi non state cercando Giulia Robatti?»

«Sì, e la voce al telefono è di suo cognato, ma non vedo alcun collegamento.»

«Ascolti la conclusione della telefonata: "No, stasera non mi chiamare, non voglio essere disturbato. Ho una certa Giulia da eliminare".»

«E cosa fate ancora qua?» si allarma Gentili. «Ridacchia pure quell'impunito. Correte subito ad arrestarlo!»

«Non si preoccupi» lo informa Ghioni, «i miei uomini sono già sul posto e stanno tenendo monitorata la casa.»

«La mail inviata da Giulia alla famiglia» commenta l'agente dell'Interpol «ne attesta lo stato in vita, dal momento che solo lei avrebbe potuto scrivere quel nomignolo, ma non è escluso che possa essere stata costretta. Se è così lo scopriremo a breve.»

Dopo un paio d'ore, i militari sul posto, davanti alla villa dei Visintin, gracchiano una comunicazione alla radio: «Nessuno è entrato e nessuno è uscito dalla casa. Richiediamo istruzioni, passo».

I tre si guardano, il tenente colonnello lancia l'ordine: «Fate irruzione. Ripeto, fate irruzione».

Fanno saltare la serratura del cancello, sfondano la porta e si dividono tra i piani.

«Libero!» Urlano dalle stanze del piano terra.

«Libero!» Ripetono dal primo.

«Polizia» si sente un piano più su. «Faccia a terra e mani dietro la schiena! Mani dietro la schiena!»

«Ha qualcosa in mano» strilla un militare che gli è vicino. «Buttalo!»

«È un'arma?» domandano dal comando operativo.

«È un… un… un joystick… Sto giocando a *Call of Duty*» balbetta Cecco Visintin in una pozza di urina fuoriuscita per la paura.

Sulla tv da 82 pollici è visibile il nome dell'avversario online: Giulia98.

«Abbiamo fatto un buco nell'acqua» sbraita Ghioni.

«Peggio. È un buco nella piscia» conclude il procuratore rassegnato. «I Visintin non c'entrano niente con la sparizione della Robatti. Usavano un telefono schermato per la frode fiscale, ma noi non siamo la Guardia di Finanza. Rientrate!» ordina agli agenti.

Tutto da rifare. Dell'ingegnera Giulia Robatti nessuno sa niente.

19

Si vola

Sono stati giorni intensi, da ogni punto di vista. Credo di aver dormito meno del solito, che non è mai tanto. Non vedevo l'ora di tornare a casa, la mia casa per altri quattro mesi, cioè la base di Rivolto. Voglio cercare di lasciarmi indietro le preoccupazioni e i dubbi. Sono un pilota delle Frecce Tricolori, non un investigatore e mai e poi mai vorrei lavorare nello stesso ufficio di Marta. Dicono anche che sono bravo, visto che la nostra è la migliore Pattuglia acrobatica del mondo. Il mio lavoro è stare lassù e, finalmente, ci torno. Una settimana di riposo mi ha fatto bene.

Stamane è una bella giornata. Abbiamo il consueto briefing in sala riunioni. Si inizia con il punto meteorologico. Un maggiore G.A.R.I. del ruolo ingegneri illustra su un mega schermo le condizioni sopra la base.

«Tempo buono, cirri a seimila piedi, nembi a dodicimila, piccola perturbazione in arrivo da nord-ovest, tra tre ore, nessun problema per l'attività.»

Poi si passa al piatto forte: l'addestramento. Il comandante prende la parola annunciando novità: «Dunque, ragazzi, io e il maggiore Rocca pensavamo di introdurre una piccola variante al programma. Dicono tutti che siamo bravi, ma mai sedersi sugli allori. Avete presente la formazione a scacchiera da cui si parte per il doppio tonneau, cioè un aereo si sposta a sinistra e quello a fianco prende il suo posto a destra? Ecco, guardate il disegno sullo schermo. Se noi aggiungiamo un giro in più si dà l'impressione di maggior dinamismo, di un moto perpetuo, tipo danza. È un ritocco piccolo, ma a terra la coglieranno come una manovra pazzesca e molto spettacolare. Alzeremo la quota per ridurre i margini di rischio. Stamattina facciamo le prime simulazioni al computer, poi nel pomeriggio si prova dal vivo».

Mi piace, mi piace, penso tra me e me. E non riesco a trattenermi: «Figo, Roger comandante. Non vedo l'ora».

«No, tu Gatti, tu Pony 8, hai un'altra missione.»

«Comandi.»

«Tu stamattina inizi l'addestramento alla collega Banfi, la nuova arrivata. Prima missione di ambientamento. Decollate a due, te la porti su vicina vicina, fate un po' di looping, tonneau, imperiali, tonneau rovescio. Insomma, le fai prendere la mano con l'MB.339 e soprattutto verificate, intendo insieme, il mantenimento delle distanze tra le ali. Sara, so che hai già volato in formazione, ma qui è diverso. Qui hai Pony 8 a destra, Pony 6 a sinistra, davanti Pony 5. Devi abituarti a sentire l'alito dei colleghi che entra nell'abitacolo.»

«Sono pronta, comandante. E... speriamo che Rolando oggi non abbia fatto colazione con l'aglio. Scusi la battuta, ma ci sta...»

«Ma sì, un po' di buonumore non stona mai. Comunque ricorda: l'aglio non è il vero problema. I veri uomini semmai non mangiano mai melanzane.»

«Perché? Sono buonissime le melanzane.»

«Lo so, infatti è una battuta senza senso. La inventò tanti anni una Freccia, diventata poi generale di Squadra, e da trent'anni la ripetiamo. L'ho detto, non ha senso ma è divertente, perché alla fine tutti chiedono invariabilmente: come mai no melanzane?»

«E le vere donne le mangiano?»

«Certo.»

«Allora stasera la parmigiana della mia mamma...»

«Bene, basta con la gastronomia. Al lavoro signori.»

Ci allineiamo l'uno accanto all'altra. Ultimi controlli. Intanto la torre gracchia in cuffia: «Rivolto a Pony 7 e Pony 8, autorizzati al decollo. Quota autorizzata tremila piedi».

«Rivolto Pony 8 ricevuto.»

«Pony 7 ricevuto.»

Stacchiamo le ruote a cento nodi (185km/h), poi su verso il cielo.

«Rivolto Pony 8 riportiamo a tremila piedi.»

«Roger.»

Finalmente ci siamo.

«Sara, seguimi bene. Virata 180 gradi, 180 di inclinazione.»

Gli aerei viaggiano praticamente «a coltello», l'uno accanto all'altro.

«Rimetti. Tre tonneau in linea. Pronti: uno due, tre.»

«Rimetti.»

«Ora looping, quattro di fila fianco a fianco. Via. Ti vedo, tieni quota, tieni quota, stai perdendo quota, sostieni di più con la cloche. Bene. Ora apri a sinistra, esegui giro completo a sinistra, io vado a destra, ci ricongiungiamo a cinquemila piedi. Uno, due, tre, vai! Ti vedo Pony 7 stringi, stringi di più.»

Ce ne andiamo a spasso per il cielo per una buona mezz'ora, come due ragazzini felici, ma ben consapevoli che non stiamo affatto giocando.

«Per oggi basta. Ritorno.»

«Rivolto, Pony 8 autorizzazione atterraggio.»

«Pony 7 e 8 autorizzati atterraggio pista 27. Pony 7 siete il numero 2.»

«Rivolto Pony 7 atterraggio.»

Anche oggi è andata. Bene, bene. Volare è sempre un'avventura. Finché… d'improvviso accuso un calo di potenza. I giri del motore diminuiscono.

«Qui Pony 8, cedo preferenza a Pony 7, li sgancio e divento il numero 2.»

«Rivolto a Pony 8 ricevuto, siete numero 2.»

Non mi starai tradendo, caro vecchio 339? Il motore continua a sfiatare. Perdo palesemente quota, sono passato da tremilacinquecento a duemila metri in pochi secondi. La mente corre veloce ai comandi, al manuale di volo, emergenze comprese. Sangue freddo, sangue freddo. Rieseguo la procedura. Start out, engine fall, riaccendere. Start out, engine fall, riaccendere.

Niente. Riprovo. Niente. Non ho alterativa. Dichiaro emergenza.

«Perdita motore, livello a mille metri e cerco di portare l'aereo in zona disabitata. Tento atterraggio di fortuna.»

«Roger, buona fortuna, verificare distanze dall'abitato.»

In queste situazioni si decide tutto in pochi secondi. Vedo in lontananza una radura. Ci punto. Sono abbastanza sicuro che il mezzo finirà la sua corsa tra i boschi. Sono ormai a trecento metri dal suolo. Metto istintivamente le mani alle maniglie d'espulsione. Sto per gridare alla radio «eject», espulsione e abbandonare l'aereo. Poi, in modo quasi automatico, spingo di nuovo il bottone d'accensione. Miracolo. L'MB.339 sbuffa, va a giri ridotti, ma sta su. Virata stretta, nuova comunicazione e in breve appoggio il carrello sulla pista.

Raggiungo il parcheggio, spengo il motore, tolgo maschera e ossigeno e scendo dalla scaletta. Vado verso di lei che mi chiede: «Che cosa è successo?».

«Calo motore. Non mi è mai successo, ma queste macchine sono imprevedibili. Nonostante i controlli esasperati c'è sempre un imprevisto in agguato.»

«Be', ma sei stato bravissimo. Ho seguito la conversazione via radio. Hai due palle così!»

«Lo avresti fatto anche tu. Mi è andata bene.»

«Credo anch'io, anche se sono una donna.»

«Questo non c'entra, te l'ho già detto. Lo so perché dici questo: pensi che vi consideriamo meno abili di noi uomini. Se noi uomini abbiamo ancora delle rigidità nei vostri confronti, è solo un fatto culturale, una barriera psicologica difficile da abbattere. Lassù l'aereo non distingue il sesso di chi lo pilota. Obbedisce ai comandi. È come la livella di Totò!»

«È per questo che amo l'Aeronautica, caro Rola. Non ci sono piloti uomini o piloti donne, ci sono piloti. È quando scendiamo dalla scaletta che c'è ancora molto da fare. Vorrei essere nella tua testa quando ti metti sull'attenti di fronte a un superiore femmina. Dimmi, sinceramente, quanto ti costa dirle "signorsì"?»

Vorrei dirle: l'ho appena fatto e... lasciamo stare.

«Non mi costa proprio niente. Il grado è il grado e non conta chi lo porta.»

«Scusami ancora.»

«Basta. Devo fare rapporto sul mancato incidente. Il mio aeroplano va ribaltato come un calzino alla ricerca di eventuali anomalie. Prima però un caffè. Ti va?»

«Dai, caffè.»

Mentre ci dirigiamo al circolo ufficiali penso ancora a

quello scampato incidente. Io sono qui, vivo, ma che cosa può essere accaduto? Chissà perché ma il pensiero corre a Giulia: siamo sicuri che stia bene davvero, che non l'abbiano rapita per vendetta? Che la mail non sia una messinscena?

Sto bevendo il caffè con Sara, ancora in tuta di volo, aspettando la convocazione per fare rapporto sulle fasi salienti del calo motore quando suona il cellulare.

«Capitano Gatti?»

«Sì, chi parla?»

«Tenente colonnello Elvio Rigamonti, Polizia Militare. Si faccia preparare un foglio di viaggio e si presenti da noi il prima possibile. Avvertiremo il suo comando tra pochi minuti.»

«Da voi dove?»

«Aviano, base Nato. C'è un generale che l'aspetta con urgenza.»

20
Il mondo trema

L'aeroporto di Aviano è un'infrastruttura militare italiana utilizzata dall'Usaf, l'Aeronautica militare statunitense. Si trova nel comune di Aviano, in Friuli-Venezia Giulia, ai piedi delle Prealpi Carniche, circa quindici chilometri a nord di Pordenone. Nella base ha sede il 31° Gruppo combattimento dell'Aeronautica militare americana che vola sui moderni F-15. Al comando dell'aeroporto «Pagliano e Gori» c'è però un colonnello dell'Aeronautica italiana. Questo per «garantire la sovranità nazionale e sovrintendere all'applicazione degli accordi bilaterali relativi alla presenza di reparti». Insomma, sono a casa nostra e almeno cerchiamo di controllare che cosa fanno gli Usa. A parole. Non è aperto, ovviamente, al traffico commerciale.

È un vicino di casa di Rivolto. Quindi impiego meno di due ore per raggiungerlo con la mia automobile. Quando mi presento al posto di blocco sanno già chi sono. Mi indirizzano verso la palazzina Comando, dove sono ubicati gli uffici del colonnello Giuseppe Antonacci. Busso e mi dicono di entrare. Saluto il mio superiore, in tuta di volo. Lui contraccambia. Noto con grande stupore che non è seduto alla sua scrivania. Al suo posto c'è un generale di divisione in divisa. Non lo conosco. Aspetto che riveli le sue credenziali. Intanto è lui a rompere il ghiaccio.

«Sono il generale Stelio Bordini, capo del Rgs, Stato Maggiore. Credo lei sappia bene chi siamo e che cosa facciamo. Oltretutto mi ha parlato molto bene di lei il maggiore Marta Mulas. So che eravate compagni di corso.»

«Affermativo, signore. Ottimo ufficiale Marta. Ottimo.» Una leggera goccia di sudore mi scende sulla fronte. Sarà mica che...

«Sì, donna davvero di valore. Capitano, l'abbiamo convocata qui per importanti comunicazioni riguardanti la sicurezza nazionale.»

«A disposizione, signor generale.»

«Prima di continuare la conversazione devo però consegnarle questo documento. Lei deve leggerlo e porre la sua firma in calce.»

«Me lo può riassumere?»

«È un'At, un'autorizzazione temporanea. Viene rilasciata solo in casi di particolare urgenza, per improvvise e comprovate esigenze di servizio, a persone che abbiano la necessità di trattare informazioni con classifica di segretezza superiore al semplice "riservato". Ha validità massima di sei mesi, prorogabile per una sola volta. Insomma, è un provvedimento con il quale lei ottiene il nulla osta per essere messo a conoscenza di cose che vanno oltre il suo grado e le sue competenze attuali.»

«Che cosa comporta?»

«Verrà a conoscenza di dati molto delicati. Se li rivelerà a terzi rischia fino a trent'anni di carcere.»

«In carcere ci sono appena andato, ma a fare volontariato. Sono pronto a fare il mio dovere. Mi dica dove devo firmare.»

«Qui. Ecco, bene, ora possiamo parlare liberamente. Il colonnello ha già questo livello di segretezza. Dunque può assistere. Risponda attentamente alle mie domande. Capitano, lei è stato fidanzato con la signora Giulia Robatti, sorella del suo compagno di corso, il capitano Mario Robatti, oggi in forza al 4° Stormo?»

«Affermativo, ma è successo tanti anni fa. Poi ci siamo lasciati e la signora Robatti si è sposata.»

«Negli anni successivi alla vostra relazione avete mantenuto rapporti, intendo telefonate, messaggi, incontri? Non è un'indagine sulla fedeltà coniugale della signora o sua...»

«No, mai. Per altro, signor generale, io non posso subire un processo morale per infedeltà. Non sono né sposato, né fidanzato. La signora invece è vedova.»

«Questo lo sappiamo. Così come, sono certo, lei sa che la signora Robatti è scomparsa di casa tempo fa.»

«Confermo. Me lo disse il fratello, tanto che ho fatto visita alla sua famiglia in segno di conforto e solidarietà. Ci sono novità?»

«Sì. Molto importanti e ricadono nella nostra specifica competenza. Sospettiamo che la signora Robatti, ingegnere informatico, sia venuta a conoscenza di qualche informazione che impatta con la sicurezza Nato.»

«E io che cosa c'entro con questo disegno?»

«Lei è stato interrogato alcuni giorni fa da un magistrato, giusto?»

«Sì, mi ha chiesto informazioni a proposito di un'altra signora, tal Katia Brogiotti di cui ignoravo e ignoro l'esistenza, trovata morta in Olanda.»

«Uccisa in Olanda, uccisa. Ora lo sa. Uccisa. Ecco, in base a nostre informazioni è emerso che la signora Robatti è in stretto contatto, per motivi che non le illustro adesso, con quella donna, la Brogiotti. Anche la vittima era in possesso di informazioni importantissime per la sicurezza Nato. Siamo qui in quanto sembra proprio che lei sia stato scelto da entrambe le signore per fare da collettore di queste informazioni.»

«Io? Perché proprio a me questa responsabilità?»

«Questo vorremmo saperlo anche noi. Poteva spiegarlo la signora uccisa. Può ancora farlo la sua amica scomparsa, ammesso sia viva e voglia farlo. Avrebbe forse potuto spiegarcelo anche la signora Lucia Zanovello.»

«Posso sapere chi è?»

«Chi era. Anche lei è stata uccisa e sempre in Olanda. Credo per lo stesso motivo.»

«La prego, signor generale, mi dica quale.»

«Le rammento quel foglio.»

«Ho firmato.»

«L'ha letto attentamente fino in fondo?»

«Mi sono fidato di lei: porta la mia stessa divisa.»

«Alla seconda pagina si rimanda alla legge del 2007 che ha riformato il meccanismo di reclutamento nei servizi di sicurezza. Lei aveva già sottoscritto un documento simile all'atto di ingresso in Accademia.»

«Non lo ricordo.»

«Glielo leggo: "Agli allievi ufficiali ammessi a frequentare il corso di Accademia potrà essere richiesto di prestare il consenso a essere presi in considerazione ai fini di un eventuale impiego presso gli Organismi di informazione e sicurezza di cui alla legge 3 agosto 2007, n. 124, e alla verifica del possesso dei relativi requisiti". Abbiamo letto il suo fascicolo. Lei ha tutti questi requisiti. Ha sottoscritto ben due impegni con noi e non si torna più indietro. Perciò le do il benvenuto nella grande famiglia dell'Rgs, Reparto generale sicurezza. Da oggi è a tutti gli effetti un operativo.»

«State sbagliando persona. Sono un pilota, non una spia.»

«L'una cosa non esclude l'altra. In ogni caso questo lo decidiamo noi.»

«Sarò libero di decidere che fare della mia vita o no?»

«Può sempre lasciare l'Aeronautica e pilotare un Boeing in Italia per i prossimi trent'anni. Cercano validi piloti anche in Arabia e negli Emirati e pagano meglio di noi. Se le interessa rassegni le dimissioni.»

«Questo non lo farò mai. Ho la divisa cucita addosso e questa è la mia famiglia. Dunque, come sempre obbedisco. Mi dica qual è il mio incarico.»

«Ha presente cos'è un'esca?»

«Mio papà era il più grande pescatore di trote dell'Emilia, gli piaceva definirsi così. Qual è il pesce che dovrei pescare?»

«Uno squalo, cattivo e pericoloso e forse non va a caccia da solo.»

«È un compito pericoloso?»

«Lei rischia la vita ogni giorno su un aereo. Sa gestire la paura, spero.»

«Ci provo. Sono pronto.»

«Allora il suo incarico è questo: torni al suo reparto, riprenda la vita di sempre. Voli e si addestri. Ove dovesse ricevere mail, messaggi, bigliettini o piccioni viaggiatori dalla sua ex fidanzata ci avverte immediatamente.»

«E lo squalo?»

«Attacca in modo imprevedibile, quando meno te lo aspetti. Non è detto attacchi. Ma se lo fa, lei deve essere pronto.»

«Come?»

«Osservi, ascolti, non si fidi di nessuno, nessuno. Nemmeno delle persone che conosce o pensa di conoscere.»

«Lo farò.»

«Può andare.»

La mia vita sta cambiando. E non so nemmeno perché.

21
Il killer

L'auto scura era ferma in un vialetto, a circa ottanta metri dalla casa, situata a Hengelo, in via Johannes Post, eroe della Resistenza olandese durante la Seconda guerra mondiale. Hans aveva notato subito quella toponomastica quando gli avevano conferito l'incarico. Ironia del destino.

«Sarà più bello portare a termine il compito in una strada dedicata a un bastardo come Post.»

Hans, dotato di occhiali da visione notturna, scrutava l'abitazione oggetto della sua missione. Era la villetta in cui viveva Concetta Barbini, una tizia italiana di cui gli erano state date scarse informazioni. Sapeva solo che era un'ingegnera, che il suo computer conteneva informazioni importanti da portare via a qualunque costo. A qualunque costo. E che per questo incarico sporco pagavano bene: duecentomila dollari, su un conto alle Cayman. Il suo.

L'ordine era arrivato come sempre via Telegram, su un account riservato, innocentemente chiamato «Aurora boreale». Vi avevano accesso contractor americani, cioè ex Navy Seal, ed ex Spetsnaz russi, i corpi speciali istituiti fin dai tempi dell'Unione Sovietica. Erano stati reclutati anche alcuni ripudiati del Col Moschin italiano, seguaci di un discusso generale, poi eletto all'Europarlamento nell'estrema destra.

Poi c'erano alcuni sbandati della brigata Wagner, divenuti apolidi dopo la morte di Prigožin. Di tanto in tanto qualcuno minacciava online lo sterminio di gay, lesbiche, lgbtq+, pacifisti. Qualcun altro, come lui, postava frasi e fotografie inneggianti a Hitler. I post venivano rimossi con suo grande rammarico.

«Siamo una bella famiglia, i valori non si vendono, perché non ammetterlo?» ripeteva.

Lui era uno dei pochi reduci del Ksk, il famigerato Kommando Spezialkräfte, forze speciali del Bundeswehr, l'esercito regolare tedesco. Motto: *Facit omnia voluntas*, con la volontà si ottiene qualunque risultato. Hans Bittenberg era uno dei quattrocento operativi, impiegati dal governo tedesco nelle operazioni più complesse e rischiose degli ultimi anni.

Aveva superato un addestramento al cui confronto quello dei Sas inglesi e dei Navy Seal è «roba da circolo del tennis». Non a caso, negli ambienti militari viene definito «il test più duro che si possa fare a un uomo in democrazia». Col grado di sergente era poi stato inviato nell'ex Jugoslavia, durante il conflitto dei Balcani e in Afghanistan a caccia di talebani. Si era meritato l'appellativo di «dottor morte» perché prima dell'arruolamento aveva studiato per due anni come infermiere e conosceva le migliori tecniche di interrogatorio con l'uso di farmaci. Era una delle sue specialità. A volte il prigioniero era morto durante «la seduta», ma chi uccide nella vita civile finisce in prigione. Chi uccide in guerra si merita una medaglia. Lui ne aveva appuntate due al petto.

Tutto questo prima del «grande tradimento». Con il

passare degli anni nelle caserme del Ksk erano apparse le effigi del Terzo Reich, manifesti raffiguranti le ali spiegate in trionfo sulla svastica, le insegne delle SS erano state aggiunte sulle tute da combattimento. Poi, su internet e non solo, prese di posizione filorusse e anti-Nato. Il Ksk era ormai fuori controllo.

Era una brigata impazzita e ingovernabile, fonte di imbarazzo per il governo. Il ministro della Difesa tedesco, sotto la pressione dei media occidentali, era stato costretto, dopo un infuocato dibattito parlamentare, a scioglierla. Chi voleva poteva rientrare nei ranghi dell'esercito. Metà di loro se ne andò. La diaspora aveva prodotto tanti Hans. Affamati di vendetta, assetati di azione, attirati anche dai lauti guadagni da contractor. Lui aveva giurato a se stesso che non avrebbe più lavorato in gruppo e aveva scelto la carriera da free lance: omicidi su commissione. Ne aveva già eseguiti otto, in giro per l'Europa. Per lo più dirigenti industriali che si rifiutavano di vendere segreti militari. A Zurigo aveva annegato un politico che voleva abolire il segreto sui conti bancari di alcuni oligarchi russi.

Era lì, in Olanda, per completare il lavoro.

«Il computer, il computer di quella donna a tutti i costi.»

La casa continuava a essere animata, troppo animata. Quasi tutte le stanze erano illuminate, sentiva in sottofondo le note di cantanti trapper. Gli piaceva lavorare pulito, trovarsi coinvolto in un confitto a fuoco con la Polizia era pericoloso, oltre che imbarazzante. Lo avrebbe compromesso per sempre. E allora addio ai lauti compensi. Non c'era fretta.

Verso l'1 di notte vide uscire la prima coppia. A distanza di dieci minuti la seconda, poi via via praticamente tutti gli ospiti della donna target. Una dozzina.

Intano le luci si spegnevano. Quando anche l'ultima lampadina sparì alla vista, decise che era giunto il momento. Scese dall'auto, si incamminò sul vialetto e si trovò di fronte a una porta-finestra sul retro. Tagliò il vetro con una ventola circolare munita di cutter, raccolse il pezzo per non fare rumore, mise la mano dentro, girò la maniglia e aprì la porta.

Dentro era buio. Il visore notturno gli fece distinguere chiaramente un tavolo ancora pieno di piatti sporchi, bicchieri di carta accatastati, bottiglie semivuote. Lentamente si mosse nella prima stanza, un salottino. Poi nella seconda stanza adibita a postazione-lavoro. Cercò di individuare il computer. Non c'era. Questa è una che si porta i compiti fino in camera, pensò tra sé e sé. Bisognava verificare di persona.

Avanzava lentamente, passo dopo passo. L'adrenalina saliva a mille. Chissà perché gli vennero in mente i monti del Panshir, la caccia ai talebani sul dorso di un mulo per confondersi con loro. Bei tempi quelli. Ma la paga era decisamente inferiore.

Estrasse la Glock 24, la sua pistola preferita e dopo circa quattro metri giunse a una scala interna. Portava certamente alla zona letto. Gradini in marmo. Bene, non fanno rumore.

Si fermò dopo il terzo gradino di marmo, allertato da un suono improvviso. Tese l'orecchio. Era chiaramente un respiro profondo, il respiro di una persona che stava dormendo. Riprese la salita e giunse su un ballatoio che dava su un corridoio. Vi si affacciavano tre porte. Gli sembrò di sentire il respiro provenire dall'ultima a sinistra. La raggiunse. Era semiaperta. Spinse delicatamente la porta e decise di entrare. Fece un passo in avanti e…

La stanza si illuminò di colpo. Indossava ancora gli occhiali a infrarossi e fu accecato da quell'improvviso passaggio dal buio alla luce. Portò la Glock in posizione di tiro e quella fu l'ultima cosa che fece da vivo. Un colpo di pistola, proprio in mezzo agli occhi, mise fine alla sua carriera di killer professionista.

L'agente speciale della Polizia olandese si alzò dal letto della signorina Barbini e si accertò che il killer fosse davvero all'altro mondo. Due colleghi entrarono evitando di calpestare il lago di sangue. Il terzo si diresse verso la ragazza che piangeva a dirotto nella prima stanza. Insieme con loro c'era un maresciallo dei Carabinieri del Gis (Gruppo d'intervento speciale), nome in codice «Ettore», giunto da Amsterdam due giorni prima. Avevano mandato proprio lui, in quanto stava lavorando con la Polizia olandese su un'operazione anti-'ndrangheta in Olanda, da qualche mese.

«È tutto finito, è tutto ok» le disse il maresciallo del Gis in italiano.

«Quel bastardo non le farà più del male. È stata veramente coraggiosa ad accettare di restare in casa ad aspettarlo, di fare da esca.» Poi, per stemperare la tensione, aggiunse: «Ed erano anni che non mangiavo una carbonara come quella che ha cucinato questa sera».

La ragazza riuscì a mostrare un debole sorriso. «Ho avuto una paura pazzesca, non immaginavo che si potesse uccidere per così poco...»

«Non è così poco, da quel che ho capito. Lei, voi, avete messo mano su qualcosa di evidentemente molto importante, dottoressa.»

Il puzzle si stava componendo. Mancava il pezzo più importante. I file.

22
Il Casa

Sembrava un mercoledì come gli altri, ma non lo era per niente negli uffici del Casa, il Comitato di analisi strategica antiterrorismo. Di solito il Casa si riunisce il giovedì per i report sulla sua attività, ma si era deciso di anticipare la consueta riunione settimanale per «comprovate e impellenti esigenze». Il Casa è un organo istituzionale del ministero dell'Interno italiano, unico nel suo genere in tutto il mondo. Ha il compito di favorire la condivisione, la circolazione, la valutazione e la quantificazione delle informazioni relative a minacce terroristiche interne ed esterne tra le varie forze di Polizia italiane. Ad esempio, aggiorna le liste dei *foreign fighters* italiani impegnati in azioni belliche all'estero. Definisce i criteri di espulsione per i soggetti ritenuti a rischio, pianifica e attiva, ove necessario, misure di prevenzione e contrasto e suggerisce al governo il livello di allerta antiterrorismo da fissare. Il presidente del Casa è il direttore centrale della Direzione centrale della Polizia di prevenzione. Il Comitato è nato in seno al ministero dell'Interno in via sperimentale nel dicembre 2003 a seguito dei tragici fatti legati agli attentati di Nassiriya e viene ufficializzato nel 2004, con un decreto ministeriale del 6 maggio. Da quel giorno, quindi da vent'anni, il Comitato va a supportare l'Unità di Crisi del ministero dell'Interno, la cabina di regia creata per la gestione delle emergenze terroristiche sul territorio nazionale. Presieduto dal direttore centrale della Polizia di prevenzione della Polizia di Stato, il presidente, riunisce un ufficiale superiore dell'Arma dei Carabinieri, un funzionario del Dipartimento delle informazioni per la sicurezza, un funzionario Aisi, un funzionario Aise, i nostri servizi di Sicurezza. Sono, talvolta, convocati anche rappresentanti della Guardia di Finanza per la lotta al finanziamento delle organizzazioni terroristiche e del Dipartimento dell'amministrazione penitenziaria, per il monitoraggio delle carceri, scongiurando radicalizzazione in carcere e proselitismo in favore dell'Isis. Collabora anche con gli omologhi enti dei Paesi esteri alleati. La freccia più importante all'arco del Casa è che tutti i suoi membri attingono a un computer comune. È uno scambio di dati continuo che impedisce blackout operativi nelle indagini.

Quel mercoledì erano stati ammessi eccezionalmente anche il capo del Rgs dell'Aeronautica militare e una sua assistente, il maggiore Marta Mulas. Collegati online su linee protette, anche due funzionari della Cia di stanza a Roma e un membro dell'MI6 inglese in Olanda. Sul tavolo, per ognuno dei partecipanti era stato preparato un voluminoso dossier denominato «Mai Nato», questo il suo nome in codice. Toccò al presidente del Casa, prefetto di prima classe Elisabetta Bertoni aprire i lavori.

«Quello che trovate sul tavolo è il frutto di diverse settimane di indagini, coordinate dalle autorità italiane in collaborazione con la Polizia olandese, l'Interpol, ma che ha coinvolto anche la Cia, l'MI6 e i servizi israeliani del Mossad, cioè le principali agenzie di intelligence del mondo occidentale. Si è reso necessario e da ciò che sto per dirvi capirete che è di estrema importanza.

«Circa un mese fa è stata trovata in Olanda una ragazza avvelenata con tiopentale, una sostanza in uso nel blocco sovietico, poi divenuto russo, con la quale si induce un prigioniero a parlare. Aveva ancora nel braccio il dispositivo con cui è stata iniettata in vena la sostanza. Teneva una chiavetta Usbc sotto la lingua e il suo killer non l'ha trovata. Probabilmente era fuggita al suo aguzzino che la credeva morta e cercava di raggiungere in auto il confine tedesco.

«Quando l'Interpol ha digitato queste informazioni nel database, il primo pensiero è corso al Gru, il servizio segreto russo di cui conosciamo le gesta da qualche anno. Dopo diversi giorni, un'altra ragazza è perita in un incidente stradale mentre tentava di raggiungere la base di Brunssum, sempre in Olanda. Sulle prime si è ipotizzato addirittura in tentativo di incursione nella base Nato. Poi, sottoposta ad autopsia nella stessa base, anche lei è risultata positiva al tiopentale. Doveva essere più resistente alla sostanza perché è riuscita a guidare per ben centotrenta chilometri, di sera. Il nesso tra le due morti è apparso subito evidente. Ma lo è risultato ancora di più quando abbiamo verificato l'attività di entrambe le ragazze.

«Lavorano per la AIBorn, una piccola azienda informatica che ha sede a Hengelo, specializzata nello studio e nello sviluppo dell'intelligenza artificiale. Si occupa dell'incubazione e sviluppo di apparati che funzionano con l'intelligenza artificiale di ultima generazione. Quella chiamata generativa, cioè un apparato che sviluppa la sua intelligenza riproducendo i comportamenti umani secondo schemi programmati dagli operatori stessi. Andando avanti con le ricerche è emerso che tra gli otto dirigenti della startup figura anche Giulia Robatti, una brillante ingegnera informatica veneta che possiamo considerare la fondatrice e il motore dell'azienda. Ebbene, la signora Robatti non è una cittadina qualunque. Suo fratello è un ufficiale dell'Aeronautica, dislocato alla base di Grosseto, 4° Stormo, caccia intercettore su Eurofighter, attualmente dislocato in Polonia.

«So di poter contare sulla vostra discrezione. Risulta coinvolto in un pericoloso faccia a faccia con Mig russi che avevano violato il cielo polacco. Dimenticavo quasi di dirvi che la signora Robatti è scomparsa da oltre un mese. Le due cose sono collegate? Si tratta di un'intimidazione di Putin? È stato questo il nostro primo pensiero. Ma il comando di Stormo custodisce gelosamente il nome dei piloti operativi in quel difficile contesto Nato. Le fughe di notizie sono sempre possibili in questo difficile contesto internazionale, ma è stato ribadito che i nominativi dei piloti vengono inviati alle autorità straniere solo con un nome in codice. Pista sbagliata quindi. La perseveranza è stata la nostra migliore arma. Come sempre abbiamo incrociato i dati.

«La Polizia italiana era impegnata nella sua ricerca in quanto persona scomparsa e ha attivato le procedure consuete in questi casi, ma quando è emerso che tutte e tre le donne, cioè le due uccise e la scomparsa, sono unite da questo filo, abbiamo inviato un commando della Gendarmeria reale olandese nei laboratori dell'azienda. Risultano disabitati da diversi giorni. La posta è inevasa, i bidoni della spazzatura ancora colmi, come se fosse stata abbandonata in fretta e furia.

«Delle otto dirigenti, tutte donne, non c'era traccia. Di

tutte salvo una. Una sola è stata trovata nei pressi dell'azienda, grazie a un geolocalizzatore collegato al suo telefonino che era rimasto attivato. È italiana come le altre. Si chiama Concetta Barbini.

«All'arrivo della Polizia ha accolto gli agenti con un sospiro di sollievo. Si era nascosta in un piccolo albergo della zona dove si era registrata con un nome falso. È stata messa sotto protezione e ha accettato di raccontare come si sono svolti i fatti. Ha aggiunto che lei e le sue colleghe fanno parte di una ong pacifista, AI for Mankind che si batte per la pace del mondo. Tra i suoi metodi di sensibilizzazione dell'opinione pubblica annovera, tra l'altro, piccole manifestazioni di protesta davanti alle basi militari, oltre a un'intensa attività sui social. Hanno manifestato davanti a diverse basi Nato. L'ultima manifestazione, quella che ci interessa, si è tenuta alla base di Amendola, in Puglia. Vi opera il 32° Gruppo con i caccia ultramoderni F-35. Sapete che sono impiegati in modo costante nei cieli del Baltico come policy keeper. Proteggono in sostanza lo spazio aereo dalle frequenti incursioni dei caccia russi. Anche qui l'incidente non si è mai verificato per puro caso. E per incidente intendo un dog fight tra aerei Nato e russi. Tornando alla manifestazione: non sembra che l'obiettivo di AI for Mankind fossero però gli F-35, nonostante il perfezionamento dell'accordo commerciale con la Lockheed preveda l'acquisto di un ulteriore stock di caccia. No, l'obiettivo della protesta è la seconda e più riservata attività del 32°: lo Stormo che opera con i droni. Un giornale locale ha infatti pubblicato una fotografia che ritrae le attiviste mentre protestano contro l'uso dei velivoli pilotati in remoto. Sui loro cartelli infatti c'era scritto STOP DRONES KILLER. È stata quella l'ultima volta in cui è stata vista la signora Giulia Robatti. Accanto a lei c'erano altre attiviste. La notizia clamorosa è che fanno parte tutte non solo della ong, ma anche dell'azienda AIBorn. Non risulta abbiano collegamenti internazionali con altre ong. Sembrano "cani sciolti" della protesta. Ma ecco che cosa ha raccontato la dottoressa Barbini alla Polizia.»

23
Le connessioni

«Da qualche mese tutti gli impiegati e i dirigenti della AI-NeverBorn avevano notato uno strano comportamento dei loro computer. Database che scomparivano e riapparivano dalle scrivanie, improvvisi blackout energetici, virus lanciati a pioggia. Grazie alla loro dimestichezza con l'informatica, li hanno sempre respinti, ma era chiaro che il cyberattacco si faceva sempre più pressante.

«Sulle prime hanno pensato al consueto tentativo di furto di dati, le aziende che operano in questo campo ne subiscono quasi quotidianamente. Il colonnello della Finanza Manlio Merlino, qui presente, è un grande esperto in materia e ve lo confermerà. Poi, per cautela, si sono rivolti alla Polizia Postale olandese. Per maggiore tranquillità hanno anche assoldato un istituto di vigilanza privata. La guardia giurata privata assunta per tenere sotto controllo il quartiere dove ha sede la AIBorn ha notato che un'auto nera, con a bordo una persona di sesso maschile, stazionava nei pressi dell'azienda, fingeva di passare per caso, poi tornava sul suo percorso. Si è avvicinato all'auto e ha chiesto i documenti al conducente. Questi ha fornito generalità svizzere, ma parlava correntemente anche l'olandese. Si è dichiarato un investigatore privato assunto da un manager olandese per pedinare la moglie, a suo dire colta in flagranza di tradimento nella zona. Se n'è andato e l'agente privato non ha ritenuto di approfondire questa traccia. Ha sbagliato. La sera stessa l'azienda è stata oggetto di un tentativo di furto. I vetri d'ingresso erano stati tagliati con un sofisticato cutter. La mattina successiva, la signora Giulia Robatti ha consegnato tre chiavette Usbc ad altrettante colleghe, dicendo a loro e alle altre di prendersi qualche giorno di ferie. Gli eventi devono poi essere precipitati.

«Il conducente dell'auto non era affatto un investigatore privato. Sospettiamo si tratti di un free lance, un killer incaricato di rintracciare qualcosa sotto forma di file o altro materiale digitale di grande valore industriale e militare. A qualunque costo, omicidio compreso.

«Ha rintracciato l'abitazione delle due ragazze. Le ha drogate, cercando di farle parlare o di farsi consegnare i loro computer. La prima ha ricevuto una massiccia dose di tiopentale, ma la droga non ha avuto ragione sulla sua volontà di mantenere il segreto. O era talmente potente che la donna non riusciva a connettere. Il killer l'ha lasciata in coma, pensando che sarebbe morta di lì a poco. Ha perfino dimenticato di toglierle il dispositivo medico con cui l'ha drogata. La poveretta è riuscita invece a salire in macchina, ma ha fatto pochi chilometri prima di finire in un canale con l'auto. Probabilmente aveva conservato la chiavetta nel cruscotto dell'auto. Poco prima dell'impatto, quando aveva ancora sufficiente lucidità per farlo, se l'è infilata sotto la lingua ed è lì che l'ha trovata la Polizia.

«La seconda ragazza invece ha dimostrato un'incredibile resistenza a questa micidiale sostanza. I medici potrebbero spiegare perché, ma non è questa la sede. Il killer probabilmente aveva deciso di ucciderla, non avendo ottenuto le informazioni che cercava, ma i suoi piani criminali devono essere stati interrotti bruscamente.

«Così la seconda vittima è uscita di casa, ha preso a sua volta la vettura e si è diretta alla base Nato di Brunssum a centotrenta chilometri di distanza. Il marine che ha cercato di intercettarla, mentre si avvicinava a forte velocità, temeva addirittura si trattasse di una attacco kamikaze lanciato contro i cancelli. L'ha trovata invece senza vita, trafitta dal ramo di un albero, contro il quale ha interrotto la sua corsa. È stata sottoposta ad autopsia e i medici militari hanno confermato che anche lei aveva abbondanti tracce di tiopentale nel sangue. La seconda chiavetta era nella tasca della sua giacca. Sono due eroine di una guerra sporca e segreta, ancora tutta da decifrare.

«Lo abbiamo catturato e ucciso mentre tentava di penetrare nell'abitazione della terza ragazza. Vi avevamo appostato un commando olandese che si avvaleva anche di alcuni membri del Gis italiano. Si tratta di un ex membro del Ksk, il raggruppamento speciale sciolto dall'esercito tedesco per contiguità neonaziste. Agiva in solitaria o ci sono altri complici ancora in libertà? Immagino che ve lo stiate chiedendo. E soprattutto: chi ha assoldato? Troverete nel rapporto le ipotesi avanzate insieme con la Cia. Forse è la Corea del Nord, non è da escludersi la Cina, ma nemmeno l'Iran. Sono tutte potenze straniere a caccia di software dal possibile utilizzo militare che utilizzano contractor, di solito ex membri dei corpi speciali come questo Hans. Resta sempre in campo la possibilità che stiano muovendosi in parallelo anche agenti russi regolari e questa sarebbe davvero la peggiore delle ipotesi, viste le problematiche tra la Nato e la Russia dopo lo scoppio della guerra in Ucraina.

«Entrambe le chiavette contenevano tre file. Vi lascio leggere i primi due con calma, perché il loro contenuto è lungo, complesso ed esprime concetti anche filosofici. Il terzo file è il più inquietante. È stato impossibile aprirlo, in quanto bloccato da una sofisticata password. I primi sei caratteri dovrebbero essere numeri. A cui fanno seguito due parole: "Mai Nato". Capite? Il materiale, nelle intenzioni di chi lo ha formattato, non doveva entrare a conoscenza della Nato. Ma allora perché cercare di recapitarlo proprio in una base dell'Alleanza atlantica?

«Di solito gli utenti proteggono i propri dati personali con numeri che ricordano bene, tipo la data di nascita propria o dei famigliari, le cifre all'incontrario, oppure un incrocio di numeri random. I nostri tecnici stanno cercando di aprire il file, ma la combinazione di quei numeri è infinita, stiamo parlando di miliardi di caratteri. Anche il più potente computer potrebbe impiegare mesi, se non anni. Solo una persona conosce certamente la chiave d'accesso al file: la signora Giulia Robatti. È davvero nemica della Nato, pur essendo sorella di un nostro pilota, per altro un ottimo ufficiale? Possibile si tratti di una spia nemica o siamo di fronte alla solita pacifista invasata che pensa di fermare la guerra in corso danneggiando il nostro sistema di difesa? Oppure è un abile inganno? Aprendo il file si dà il via libera a un virus che compromette i nostri database di difesa? Che senso ha preoccuparsi che i file non arrivino alla Nato, quando poi vengono inviati a un pilota militare di una nazione che ne è parte attiva? Già, perché i file erano destinati al suo ex fidanzato, a sua volta un ufficiale dell'Aeronautica, attualmente componente della Pattuglia acrobatica nazionale.

«Quell'uomo è il capitano Rolando Gatti, nome in codice Pony 8. C'è motivo di ritenere che potrebbe essere in grave pericolo.»

24
L'attentato

È una fresca mattinata d'aprile a Rivolto, il cielo è terso e il servizio meteorologico segnala inoffensivi cirri in alta quota. È l'ideale per una missione addestrativa ed è ciò che ci accingiamo a fare. Sta proseguendo l'allenamento in Pattuglia della nuova arrivata, il capitano Sara. Deve abituarsi a volare circondata da altri aerei, perciò il ruolino di marcia oggi prevede un decollo a quattro velivoli e una serie di manovre strette con la stessa formazione. Decolleremo io, lei, cioè Pony 7, poi Pony 5 e Pony 6, Giancarlo ed Enzo. Sono le Frecce più anziane ed è giusto che siano parte attiva nell'avvicinamento di Sara alla piena operatività.

Ce ne andremo lassù per farla familiarizzare con aperture, looping e tonneau, ala ad ala con gli altri tre MB.339. Mi sono alzato presto, alle 6.15 come sempre, e sto già indossando la tuta anti-G che mi protegge dalle accelerazioni. Sono il primo e, invece di attendere gli altri colleghi nello spogliatoio, mi dirigo verso la linea volo dove sono già schierati i quattro aeroplani. Mi piace guardarmi attorno prima di ogni decollo. Mi concentra, mi rilassa. È un rito. Ho anche un gesto scaramantico: porto sempre dietro alcuni chicchi di riso e li infilo nei tasconi laterali dei pantaloni della tuta. Lo faccio dai tempi dei primi voli a Latina, quando avevo appena diciannove anni. Non serve, ma che cosa mi costa?

Due sergenti specialisti stanno ancora ultimando i controlli. Stanno chiudendo i tappi del carburante, dopo aver rifornito l'aereo di JP4, il nostro carburante. Poi passeranno a controllare i tappi dei serbatoi riservati ai fumi, situati sotto le ali. Siamo in esercitazione, dunque non ci saranno fumate tricolori come durante le esibizioni ufficiali. Cammino lentamente con il casco in mano, ripassando i dati della missione, riportati sui fogli che poi fisserò alla gambaliera, legata sulla coscia. Ho proprio voglia di prepararla al meglio Sara. Una donna in Pattuglia ci voleva, dopo le polemiche che di tanto in tanto accompagnano la nostra stessa esistenza. Intravedo i colleghi che escono dallo spogliatoio. Lei, Sara, sorride mentre stringe a sua volta gli elastici della tuta anti-G che comprime le gambe e spinge il sangue dal basso verso l'alto. Mi avvicino all'aeroplano. Ripasso i controlli pre-volo esterni e interni. Li so a memoria, ma meglio controllare la check-list stampata. Procedura standard. Andiamo, è sempre una bella sensazione, prima di un decollo.

Poi, però, sento un rumore anomalo, come la foratura violenta di uno pneumatico. Poi un frastuono via via più forte, come se un cacciavite fosse finito tra le turbine. È un attimo. D'improvviso una fiammata avvolge l'aereo, si propaga alla carlinga. Il mio aereo sta andando in fiamme. È stato appena rifornito di JP4. È... è... è una bomba e rischia di esplodere.

Riesco a urlare ai due specialisti: «Via via, scappate lontano, sta per bruciare tutto, salta in aria!».

Poi un boato sconvolge la linea volo. Vengo travolto da

una vampata di calore e da un violento spostamento d'aria. Mi getto istintivamente a terra, ma con la coda dell'occhio vedo che sta avvenendo l'irreparabile: l'esplosione ha coinvolto anche i due aerei parcheggiati a pochi metri da Pony 8. Il quarto è più lontano. I primi tre stanno andando in fiamme. È l'inferno, nel suo peggior girone immaginabile. Intorno la gente corre, grida impazzita. Mentre il fuoco avvolge ormai almeno tre aeroplani, sento finalmente scattare l'allarme. Sono passati sì e no due minuti, ma già i primi mezzi dei vigili del fuoco stanno arrivando a sirene spiegate. Spiegano gli estintori, lanciano il liquido per lo spegnimento. Cerco di alzarmi, ma ho dolori in tutto il corpo. Un pompiere corre verso di me, mi prende di peso e mi trascina lontano.

«Vada via capitano, vada via: qui salta in aria tutto.»

Riesco a gridare con la forza residua che mi rimane addosso: «Gli specialisti, gli specialisti! Correte da loro, erano vicini all'aeroplano. Salvateli». Mi sembra di sentire un'altra esplosione. Un boato fortissimo. Poi di colpo è il buio.

25
Sopravvissuto

Mi risveglio in un letto d'ospedale, con una flebo al braccio. Non ho più la tuta di volo, ma un camice da ricovero. Non so quanto tempo è passato dall'incidente. Il primo istinto è toccarmi la testa. Sì, i capelli ci sono ancora. Poi passo la mano libera sul volto e non mi sembra di sentire bende né cicatrici profonde. Accuso diversi dolori, ma muovo bene le gambe e le braccia. Mi accorgo soltanto adesso che ho le mani fasciate da garze bianche, i polpastrelli delle dita però sono liberi. Leggo a malapena la scritta sull'albero delle flebo: ospedale di Udine. Il pensiero corre subito a quelle fiamme terribili. Inizio a realizzare che sono vivo per miracolo. Dieci, forse cinque metri più avanti e mi sarei trasformato in una torcia umana. Ma quei due ragazzi, i due specialisti… che ne è stato di loro?

È terribile. Non è mai accaduta una disgrazia simile nella nostra base dai tempi della fondazione delle Frecce, il 1961. Incidenti sì. C'è una targa che ricorda il tenente John Miglio, corso Turbine 3, caduto durate un'esercitazione. Cieli blu per lui. Ma era solo. Niente di tanto spaventoso.

Ripercorro quei momenti nella mente cercando di capire se ho sbagliato qualcosa, se ho responsabilità nell'accaduto. Ma io ero ancora lontano. Non si tratta di un incidente in volo o in decollo. Gli aerei erano fermi. Un'anomalia meccanica, un improvviso cambio di pressione? Problemi di carburante? Non ho risposte. Non sono un ingegnere. Devo, devo... Devo avvertire la mia mamma. In qualche modo avrà saputo. Le sono rimasto soltanto io. Cerco istintivamente il telefonino, ma non c'è. Suono il campanello per chiamare l'attenzione degli infermieri e dopo pochissimo vedo entrare una paramedica nella stanza.

«Buongiorno capitano, come sta?»

«Vivo, ma pieno di dolori e sconvolto. La prego, mi riferisca invece come stanno i due specialisti coinvolti nello scoppio.»

«Non sono informazioni in mio possesso. Io devo soltanto farle un'iniezione di antidolorifico. Più tardi passerà il medico a visitarla.»

Proprio in quell'istante vedo aprirsi nuovamente la porta della stanza. Penso sia il medico, invece entra l'ultima persona che pensavo di incontrare qui. È lei, Marta, in divisa, con una voluminosa cartella sottobraccio e l'aria molto seria.

«Allora, mio capitano, anche questa volta l'abbiamo scampata! Non ti decidi proprio a morire.»

«Può ben dirlo, signor maggiore, non ne ho nessuna voglia.»

«Non cominciare con questa storia dei gradi. E scusa se mi permetto di fare ironia, ma sto cercando di sdrammatizzare. Sono qui per parlarti dell'incidente, sempre che tu te la senta.»

«Certo che me la sento. Prima di tutto, però, dimmi dei due sergenti. Ce l'hanno fatta?»

«Falconi è molto grave, ha ustioni di ottavo grado in varie parti del corpo. Stanno facendo il possibile. Bastelli, il più giovane, purtroppo no. È spirato un'ora fa. È terribile, una tragedia senza precedenti. Ti ci devi abituare. Ne vedrai morire altri in questo mondo. Dobbiamo accettarlo, facciamo un lavoro rischioso.»

«I rischi li accetto per me, non per gli altri e men che meno per un banale incidente meccanico. Sara, Giancarlo ed Enzo?»

«No, loro erano ancora lontani dalla linea volo. Hanno preso soltanto un grande spavento. Ma se sono qui è proprio per cercare di capire che cosa è accaduto realmente. Devo farti alcune domande.»

«Vai, chiedi quello che vuoi.»

«Ultimamente alla base hai visto facce nuove?»

«Come facce nuove? Che cosa intendi per facce nuove?»

«Specialisti che non avevi mai notato prima lavorare intorno ai velivoli.»

«Non mi pare proprio. I due sottufficiali che controllano il mio MB.339 prima di ogni volo sono sempre gli stessi: Falconi e Bastelli. Aveva solo ventisette anni, credeva in quello che faceva. Non ho parole…»

«Ti capisco, ma cerca di focalizzare l'attenzione. Mentre ti avvicinavi li hai visti in faccia?»

«No, perché il berretto con visiera copriva loro il volto e poi indossavano le cuffie scherma rumore. Ma perché mi fai questa domanda?»

«Per capire, è il mio lavoro. Insisto: li hai visti in volto?»

«No, lo ripeto, indossavano il berretto.»

«Insomma tutto come sempre?»

«Sì, come sempre. Ora che mi ci fai pensare, però, Bastelli aveva qualcosa di diverso.»

«Vale a dire?»

«Sulla tuta a sinistra non portava la targa con il velcro,

quella su cui c'è riportato il suo nome. Aveva solo quella a destra con il gruppo sanguigno. Ho pensato che si fosse vestito in fretta e l'avesse dimenticata o che si fosse staccata. Succede anche a me.»

«Sì, succede, ma guarda caso proprio prima dell'incidente. Te lo sai spiegare?»

«L'ho appena detto, l'avrà persa.»

«Dev'essere così. Ma...»

«Ma cosa? Non fare la spia con me. Dimmi dove vuoi arrivare?»

«Rola, ho controllato il tuo stato di volo. Pochi giorni fa, mentre volavi in coppia con il capitano Banfi, hai subìto un altro incidente.»

«Sì, un blocco motore, per fortuna si è risolto con una riaccensione. Niente di paragonabile a questa catastrofe.»

«No, ma... c'è un grande ma. E se i due fatti fossero collegati? È giusto, a questo punto, che tu lo sappia. Noi del Rgs abbiamo il sospetto che a Rivolto non si sia trattato di un incidente, ma di un attentato. Che qualcuno si sia sostituito al personale militare interno, sia penetrato nella base e abbia messo in atto questo piano diabolico. Far saltare in aria un aereo. Anzi, *quell'*aereo. L'attentato non era diretto genericamente alle Frecce. Il vero obiettivo eri tu.»

«Io? Chi ce l'ha con me tanto da cercare la mia morte? No, aspetta, ho capito: gli stessi che hanno ammazzato quelle due ragazze in Olanda. È stato lo stesso killer.»

«Quello l'abbiamo già tolto di mezzo. Una brillante operazione congiunta, di cui poi ti riferirò, tra i nostri Carabinieri e la Polizia olandese. Quindi non poteva essere lui. Ma non è detto agisca da solo. L'organizzazione che lo aveva assoldato non si sarà fermata. Deve averne usato più d'uno. Abbiamo già svolto alcuni accertamenti tecnici. Del tuo aereo è rimasto ben poco, ma i nostri periti hanno antenne molto dritte. Tra i rottami potrebbero esserci tracce di un filamento molto resistente alle esplosioni, parte di un sofisticato congegno esplosivo a timer.»

«Un timer, sul mio aereo? E come l'hanno piazzato?»

«Probabilmente dentro al serbatoio dei fumi. Lì non c'è carburante se non in parti minime, quindi il meccanismo non si corrode. Poi il killer avrebbe attivato il timer una volta che tu eri in volo. Sarebbe sembrato un incidente. Qualcosa dev'essere andato storto ed è esploso prima, causando anche la sua morte.»

«Avete prove?»

«Non ancora. Forti sospetti però sì. E non chiedermi da che cosa sono corroborati. Ti ricordo che lavoro per un organismo di intelligence. A cui, se non sbaglio, hai giurato fedeltà.»

«Ti prego, non aggiungere altri problemi, sono a pezzi.»

«Sì, scusa. Comunque ti informo che, per cominciare, prenderemo il Dna all'uomo che dovrebbe, sottolineo dovrebbe, essere il sergente Bastelli. Qualche dubbio ce l'ho. Poi, appena possibile, andremo a caccia di eventuali anomalie nella carcassa dell'aeroplano. Voglio essere franca: non è stata una dinamica consueta. Noi cerchiamo conferme sulle tracce di esplosivo.»

«Un attentato dentro una base militare, protetta e sorvegliata ventiquattro ore al giorno? È impossibile!»

«I tempi dimostrano che niente è più impossibile. Siamo tornati in un clima da Guerra fredda e bisognerà alzare nuove barriere intorno agli obiettivi sensibili della Nato, come aeroporti e basi militari. Siamo tornai indietro, siamo agli anni Cinquanta e Sessanta. La crisi dei missili di Cuba, ricordi?»

«Ma chi sono questi nuovi nemici?»

«Tenteremo di scoprirlo. Per ora gli indiziati principali sono la Corea del Nord e la stessa Russia, perfino l'Iran. Utilizzano frequentemente free lance che provengono dai corpi speciali per lavori sporchi. Il Ksk in particolare, di cui faceva parte il primo killer ha svolto diversi servigi per Kim Jong-un. Ma questo è un lavoro di intelligence complesso che richiederà tempo. Ora ti basti sapere che sei in pericolo. Quei file destinati a te evidentemente sono più importanti di quanto si pensasse. Da questo momento dovrai vivere sotto scorta.»

«Questo non lo accetterò mai. Sono abituato a rischiare la vita su un aereo. Ho già dato il mio consenso a fare da esca per eventuali squali, così sono stati definiti da un tuo superiore, alla base di Aviano. Intendo fare il mio dovere fino in fondo, altrimenti non verremo a capo di questa guerra. Non voglio scorte.»

«Non ho l'autorità per prendere una decisione così delicata. Riferirò in alto. Il mio parere, sappilo fin d'ora, è negativo. Tu vai messo sotto protezione h24. Ora cerca di riprenderti. Ti ho portato due telefoni.»

«Come mai due?»

«Uno è il tuo. L'abbiamo trovato a terra, accanto a te. Funziona. Suppongo vorrai avvertire la famiglia che stai bene. Il secondo è un telefono speciale, è un satellitare criptato, collegato con la sala emergenze del ministero della Difesa. È sufficiente tu spinga un tasto che scatta l'allarme e ti ritrovi circondato da tre Gis dei Carabinieri. Precauzione indispensabile per proteggere la nostra unica speranza di mettere mano su quel codice. Cioè tu.»

«Quale codice?»

«Appena sei in grado di ricevere più persone nella stanza d'ospedale e di mantenere la concentrazione a lungo verrai informato di tutto. Ovviamente, in attesa degli esiti dell'inchiesta, i voli a Rivolto sono sospesi. Quindi curati, riprenditi e non pensare ad altro. Dammi qualche giorno e ci rivedremo e stavolta non verrò da sola. C'è gente che vuole parlarti e spiegarti tante cose. Rola, stai in campana. Ti voglio bene, non voglio perderti.»

«Anch'io ti voglio bene, grazie di tutto.»

«Sto facendo solo il mio dovere. Tornerò. Tu non pensare troppo. È inutile, il destino si scrive da solo. Ciao.»

Il mio destino qual è? Mentre me lo chiedo, sta facendo effetto l'antidolorifico. Mi addormento rivivendo quell'incubo, le fiamme, l'esplosione. Giulia, sei tu l'origine di tutto? Che cosa hai scoperto di tanto importante?

26
A Firenze

Sono passati dieci giorni dall'attentato, o almeno quello che il Rgs dello Stato Maggiore ha insistito nel definire «attentato». In ospedale sono di casa. Esco regolarmente nei corridoi intorno alla mia stanza, nel reparto di medicina generale. Mi fa sempre effetto vedere due Carabinieri in tuta da combattimento, armati di mitra, e pensare che sono qui per me giorno e notte. Nessuno mi ha più minacciato. Sarò incosciente (o coraggioso), ma non vedo l'ora di essere dimesso e tornare alla vita di sempre. Mi giungono notizie dalla base. L'attività di volo sta tornando pian piano alla normalità, anche se le manifestazioni pubbliche sono sospese in attesa della conclusione delle indagini. Nelle mie giornate sempre uguali, che sto ingannando con buone letture e tanto iPad, su cui, lo confesso, seguo le mie serie preferite, sono persino riuscito a corrompere un'infermiera. Quando ha saputo che ero una Freccia, mi ha chiesto una foto con indosso la tuta della Pattuglia.

«È per il mio nipotino, il figlio di mia sorella. Vi segue sempre e dice che da grande vuole entrare in Aeronautica.»

Gliel'ho fatta avere, naturalmente in cambio di... lasagne al ragù. Non sono previste per i degenti di questo reparto e lei, credo, se le procura alla mensa del personale. Niente a che vedere con quelle che prepara la mia mamma. Povera mamma, si è così spaventata...

La chiamo ogni giorno. «Dino, Dino mio, che cosa è successo, lo sai che mi fai stare in pena. Quando vieni a trovarmi? Ti faccio due tagliatelle e ti riprendi subito.» Ovviamente non l'ho messa al corrente di tutti gli eventi. La farei preoccupare inutilmente.

Sto proprio mangiando un surrogato delle lasagne emiliane quando suona il telefono. È Marta: «Rola, mi dicono dall'ospedale che oggi sarai dimesso. Se te la senti vorremmo vederti per fare il punto».

«Vorremmo? Chi siete voi?»

«Alcuni pezzi grossi di mamma Aeronautica, ma anche del ministero della Difesa e dell'Interno. Più papaveri veramente importanti di cui preferisco non parlarti al telefono. Te la senti di partecipare a un meeting?»

«Comandi, signor maggiore. Dove?»

«Chiamami "minore" la prossima volta... Ci rinuncio. Sei un marmittone inguaribile. Sarà probabilmente alla Scuola di guerra aerea di Firenze. È una struttura molto protetta, essendo quasi interamente oscurata dagli alberi del parco delle Cascine. Ci sono ampi parcheggi, utilizzati anche dai docenti della Scuola Militare Aeronautica Douhet. Dà meno nell'occhio. Inoltre lì vicino c'è il Consolato americano. Ci siamo capiti, no?»

«Perfettamente. Se mi dimettono davvero, sono pronto anche domani. Ti avverto che raggiungerò l'appuntamento con la mia auto. Non ho alcuna intenzione di farmi scortare dai Carabinieri.»

«A tuo rischio. Tieni sempre a portata di mano quel telefono.»

«Obbedisco. A presto.»

Il giorno dopo sto raggiungendo Firenze. Arrivo alla Sga ed esibisco i documenti. Mi sembra di vedere con la coda dell'occhio un'auto scura che mi ha seguito da diversi chilometri. Saranno i miei angeli custodi. Parcheggio all'interno. Guardo l'orologio e mi accorgo che manca un'ora all'appuntamento. La mia maniacale ansia da puntualità ha colpito ancora. Quasi quasi mi faccio due passi per la meravigliosa Firenze.

Mi incammino sui viali del Lungarno. Sembra di essere a Tokyo, o forse a New York. Ci sono orde di turisti stranieri armati di macchine fotografiche, uomini e donne a caccia di una photo opportunity per i selfie. In quaranta minuti di buon cammino arrivo a Ponte Vecchio. Sì, come scrivono spesso i giornali, è una specie di suk a cielo aperto, ma il fascino di questo scorcio è immutato. Ovunque bancarelle, dove si vende di tutto. Resto colpito da alcuni negozi a cielo aperto che espongono gioielli di manifattura artigiana. C'è una collana bellissima, in oro o simil oro, chi può dirlo. È la copia esatta della collana che regalai a lei, a Giulia, quando accadde tutto, quando pensavo che avremmo percorso insieme una gran parte del nostro cammino. Passano due bambini, mano nella mano con i loro genitori asiatici. Assomigliano come due gocce d'acqua alla mamma. Chissà come sarebbe stato nostro figlio se io e Giulia... Non riesco a cacciare via questo pensiero carico di malinconia. Ora, invece, sono qui a chiedermi che fine abbia fatto. E perché vuole mandarmi messaggi così importanti. Che cosa pensa potrei fare per lei, per le sue idee, ammesso le possa condividere... Ma quali idee? Speriamo possano spiegarmi che cosa sta accadendo. Il David di Michelangelo in piazza della Signoria e naturalmente la galleria degli Uffizi meriterebbero un giorno intero di attenzione, ma è ora di ritornare alla Sga.

Entro nella foresteria dell'imponente struttura militare, mi fanno accomodare in uno degli ampi saloni dove mi stanno già aspettando.

27
Rivelazioni etiche: i primi due file

Eccola qui la task force, vigilata da due Carabinieri del Gsi che fanno su è giù per la stanza, mitra bene in vista. Sono tutti seduti intorno a un grande tavolo ovale. Riconosco il generale Bordini del Rgs, affiancato da un colonnello che dev'essere il suo aiutante di volo. C'è naturalmente Marta, una presenza rassicurante. Una signora molto elegante si presenta come la presidente del Casa, prefetto Elisabetta Bertoni. Ha a sua volta una scorta personale, formata da due agenti in borghese. Poi c'è un ammiraglio, mi sembra di capire distaccato dalla Marina all'Aise, e il servizio di informazioni per la sicurezza esterna. Sono le spie con licenza di muoversi anche all'estero. Vedo anche un colonnello della Finanza e un uomo che non parla e non si presenta, ma, dalla deferenza con cui lo trattano, credo si tratti di un politico importante. Mi pare di aver capito un sottosegretario. Infine due civili con bellissime cravatte regimental, che, di solito, fanno parte della «divisa» degli agenti Cia.

A rompere il ghiaccio è la presidente: «Dunque capitano, siamo qui per illustrarle, in ordine cronologico, gli eventi che l'hanno vista, suo malgrado, protagonista di una vicenda complessa. Lei sa già dei due omicidi e del terzo omicidio sventato. Suppongo si stia chiedendo ancora se ci sono aggiornamenti sull'incidente nella base di Rivolto a cui è scampato miracolosamente. Glielo dico senza giri di parole: si tratta di un attentato. Abbiamo ritrovato il sergente Bastelli in un campo a circa dodici chilometri dall'aeroporto. Era stato strangolato con una sorta di garrota, un rudimentale ma efficace strumento di morte usato da numerosi killer professionisti. L'autore dell'orribile omicidio è senz'altro l'attentatore che l'aveva presa di mira. Non escludiamo nemmeno che il blocco motore registrato sul suo velivolo qualche settimana fa sia di origine dolosa. Occorrono ulteriori elementi tecnici. Risulta strano, però, che un MB.339 registri una piantata motore e che poi si riprenda. Lei mi insegna che è sufficiente un cacciavite lasciato in volontariamente nelle turbine per provocare danni che vengono fuori dopo il decollo. Ma lasciamo fare il proprio lavoro all'Aeronautica. L'indagine, intanto, ha assunto contorni internazionali, tanto che sono presenti due colleghi dell'intelligence americana. Meglio non conosca i loro nomi, nella nostra famiglia si usa così. Meno sai, meno dici. È giunto il momento che lei venga messo a conoscenza sul contenuto dei due file che la sua fidanzata voleva farle avere con tanta premura».

«Ex fidanzata, ex. Non la vedo da anni.»

«Deve aver lasciato il segno perché sembra si fidi soltanto di lei.»

«Questo, dottoressa, non so spiegarmelo nemmeno io. Oltretutto è stata lei a lasciarmi...»

«Fatti vostri. Andiamo al dunque. Il primo file ci ha molto incuriositi. È una lunga dissertazione sulla formazione della coscienza umana, messa in relazione con lo sviluppo dell'intelligenza artificiale. Ne parlerà il colonnello Manlio Merlini, del reparto sicurezza della Finanza, che è un esperto in questa materia. Prego colonnello.»

«La materia è talmente complessa che l'abbiamo suddivisa in capitoli e messi su slide che ora proiettiamo su questo schermo. Premessa: l'intelligenza artificiale generativa genera, appunto, la sua conoscenza, che si muove su una rete neuronale simile alla nostra, prendendo a modello il cervello umano e i suoi neuroni. Ne possediamo miliardi. Va ovviamente programmata, perché è una macchina, è un elettrodomestico come un'aspirapolvere. Qualcuno vi immette i dati per farlo funzionare. Come si immettono? Si parte dall'uomo.

«Slide 1: *Formazione della coscienza artificiale.* Il cervello umano può muoversi sulla scelta morale relativistica, cioè quella che la maggioranza degli esseri umani assume in circostanze analoghe. È un concetto già applicato dai tecnici della Tesla sulle auto a guida automatica. Con quale etica il cervello meccanico la deve guidare? Sempre copiando il cervello umano. Tuttavia, ognuno di noi ragiona in modo diverso. L'uomo, infatti, è libero di decidere i suoi atti, che non sono determinati da forze superiori, di tipo soprannaturale o naturale, ma derivano da sue autonome scelte. E ora, tornando alla macchina a guida autonoma di Elon Musk, ipotizziamo, durate un percorso, il tipico dilemma tra "libero arbitrio" e "volontà di non volere".

«In caso di potenziale incidente come deve comportarsi l'autista virtuale? Conduce un'auto a velocità sostenuta. Subito dopo una curva trova dei pedoni sulla strada ed è inevitabile investirli. Se sterza a destra corre il rischio di uccidere una bambina. Se sterza a sinistra rischia di uccidere una coppia anziana. Potrebbe andare dritto, mettendo in pericolo la sua vita, perché poi si schianterà contro un autocarro che, per evitare di investire i pedoni, ha cambiato corsia e procede verso di lui. Analisi sui comportamenti dell'autista. Se sterza a destra o a sinistra, vuole proteggere legittimamente la sua vita, ma ne uccide altre. Se prosegue diritto è perché gli fa piacere adottare una scelta "eroica", oppure perché è illegale la scelta intenzionale di rischiare di uccidere qualcuno. Secondo i programmatori deve dunque andare diritto, perché l'azione di uccidere non è mai etica, a prescindere dalle conseguenze. La macchina lo farà o prenderà decisioni autonome per proteggere se stessa? È quanto è accaduto. L'auto ha travolto un anziano, pensando che era "più sacrificabile". Eccoci di fronte a un bivio.

«A quale teoria morale di riferimento si devono ispirare i programmatori delle macchine? Fin qui le auto, ma se questi principi passano alla programmazione dei droni da guerra a guida automatica, come abbiamo intenzione di programmarli? Eticamente, penserete. Bene. L'etica implica che le norme siano rispettate. Sempre?

«Secondo un celebre neuroscienziato che si chiamava Benjamin Libet, il cervello umano ritiene eticamente ammissibile violare una norma in presenza di tre condizioni: la norma deve essere chiaramente in contrasto con un principio etico universale; non vi siano possibilità democratiche di modificare la norma; le modalità con le quali si viola la norma rispettano i principi etici universali.

«In questi casi ci si assume apertamente la responsabilità della violazione della norma e si accettano tutte le conseguenze del caso. Quindi il drone può decidere autonomamente di adottare una sua etica, che prevede anche di infrangere la legge?

«Slide 2: *Perché le norme etiche, da sole, "non funziona-*

no". L'attuazione prescrittiva e valoriale delle norme tende a generare peggiori risultati e maggiori violazioni delle stesse regole. Le regole devono generare atteggiamenti basati su convincimenti morali. Questo è il metodo con cui viene programmata l'AI, intelligenza artificiale sulle macchine da guerra. Ma l'AI non ha morale, è una macchina appunto. Quale prospettiva avrà dunque l'umanità quando queste macchine saranno operative e sostituiranno l'uomo sul campo di battaglia?»

C'è una lunga pausa in sala. Ognuno guarda nel vuoto, stanno iniziano tutti a intuire che siamo seduti su una nuova bomba atomica: macchine per uccidere che decidono da sole.

Il colonnello della Finanza mi sta finalmente svelando che cosa aveva in testa Giulia, la mia Giulia: stava studiando l'AI e la sua applicazione sui droni. Mezzi militari, già ampiamente impiegati, che dovrebbero sostituire noi piloti. Lei, una pacifista, voleva metterci in guardia contro di loro. Voleva impedirci di utilizzarli in uno scenario bellico. Stava salvando il mio lavoro. Tutto qui? Uccidere per questo? Impossibile. Queste complesse dissertazioni tecniche non mi spiegano ancora niente.

Il colonnello riprende: «Slide 3: *Meccanismi di disimpegno morale presenti nel cervello umano*. È bene usare la forza contro chi offende la tua famiglia e attenta ai tuoi principi. Comunque.

«Diffusione della responsabilità: ho soltanto eseguito gli ordini del mio capo.

«Deumanizzazione della vittima: è giusto uccidere chi si comporta come un essere schifoso.

«Attribuzione di colpe alla vittima: le persone che vengono maltrattate, di solito, se lo meritano. Se la macchina sviluppa questi meccanismi neuronali non avrà remore. Ucciderà facendo un conto matematico tra benefici e costi».

Il colonnello prende fiato e annuncia: «Veniamo ora alla Slide 4. Si intitola: *La grande scelta*. Il complesso neuronale di un'intelligenza artificiale può essere costruito con due grandi principi ispiratori: la scelta morale "utilitaristica" e quella "relativistica". La prima, l'orientamento anglosassone, in uso cioè in Gran Bretagna e Usa, deve causare meno vittime possibili, valutando probabilisticamente il numero e le caratteristiche delle potenziali vittime.

«L'altra è quella che la maggioranza degli esseri umani assume in circostanze analoghe. L'orientamento europeo, invece, prevede una scelta etica "deontologica". Ciò che conta non è l'obiettivo, ma il principio etico del rispetto della vita che non è condizionato da nulla e vale per tutti gli uomini e in tutte le condizioni. SALVARE LE VITE, NON UCCIDERLE. Questo significa essere europei».

Il colonnello si ferma, si toglie gli occhiali e scandisce bene le parole: «Signori, quello che avete appena letto è uno studio approfondito, fatto evidentemente da una persona competente in materia di intelligenza artificiale, sul potenziale rischio futuro di un drone a guida autonoma. Vi chiederete come nasce tanta preoccupazione da parte di una civile. Eccolo spiegato nel file 2. Tratta materia militare. Si intitola *Gregari robot (in)fedeli*.

«L'Aeronautica americana schiererà droni armati con intelligenza artificiale XQ-58A Valkyrie. Sono alimentati in volo da un motore a razzo, possono coprire una distanza pari alla larghezza della Cina e il design è «furtivo», quindi sfugge ai radar. Possono trasportare missili in grado di colpire bersagli nemici ben oltre il suo raggio visivo. Ma ciò che distingue davvero l'aereo sperimentale XQ-58A Valkyrie senza pilota dell'Air Force è che, gestito interamente dall'intelligenza artificiale, è posto in prima linea negli sforzi delle forze armate statunitensi, per sfruttare le capacità di una tecnologia emergente. Questa nuova arma desta profonde preoccupazioni su quanta autonomia concedere a un'arma letale. Come ha riferito il *New York Times*, il Valkyrie è un prototipo di quello che l'Air Force spera possa diventare presto un potente complemento alla sua flotta di aerei da combattimento tradizionali, dando ai piloti umani uno sciame di "gregari robot fedeli" altamente capaci, da utilizzare in battaglia. La possibilità di costruire flotte di armi intelligenti ma relativamente economiche, che potrebbero essere schierate in gran numero, sta consentendo ai funzionari del Pentagono di pensare in nuovi modi di affrontare le forze nemiche. Ma quali sono i risvolti etici da droni armati pilotati dall'AI?

«I difensori dei diritti umani temono che le macchine da guerra senza pilota, i cosiddetti "gregari fedeli", aprano la strada a un futuro distopico in stile *Terminator*. Velivoli che decidono da soli che fare. Gli XQ-58A Valkyrie sono pensati per fungere da gregario robotico per gli aviatori umani, fornendo copertura, manovrati in scenari in cui un pilota in carne e ossa potrebbe avere difficoltà. La loro missione è quella di unire l'intelligenza artificiale e i suoi sensori per identificare e valutare le minacce nemiche e poi, dopo aver ottenuto l'approvazione umana, procedere all'uccisione. Otterranno sempre l'approvazione umana? "È una sensazione molto strana" ha raccontato al *New York Times* il maggiore Ross Elder, un pilota collaudatore che ha condotto un'esercitazione. Con il suo caccia F-15 è andato in volo insieme al Valkyrie.

«Ha poi riferito: "Ho volato ala ad ala con qualcosa che

prendeva le proprie decisioni e non le ho sempre capite". Insieme ai droni, il Pentagono annuncia poi il programma Skyborg dell'Air Force Usa, un sistema abilitato all'intelligenza artificiale per controllare aerei senza pilota come il Valkyrie. Annotazione: si sta oltrepassando una linea morale, esternalizzando le uccisioni alle macchine, consentendo ai sensori dei computer, invece che agli esseri umani, di togliere la vita umana.

«Alla domanda se i droni dell'Air Force potrebbero eventualmente essere in grado di condurre attacchi letali, senza l'esplicito consenso umano su ogni attacco, un portavoce del Pentagono ha affermato che la domanda era "troppo ipotetica per rispondere". L'Air Force mira a schierare presto droni gregari pronti al combattimento, estendendo questa possibilità a tutti i Paesi membri della Nato. In particolare i più fedeli e affidabili, come Inghilterra e Italia.»

La sala era attonita. Nessuno immaginava che Giulia fosse venuta a conoscenza di segreti militari così delicati. Come aveva fatto? Allora era davvero una spia. Ma come mai recapitarmi, allora, quei file? Vinco la timidezza e l'imbarazzo e azzardo una domanda: «Colonnello, quando potrebbero arrivare in Italia quei droni?».

«È già stato approvato un protocollo per scambio di informazioni ed eventuali impieghi di droni guidati da AI a livello Nato.»

«Quindi vuoi dire che...»

«Che potrebbero arrivare in Italia a mesi, se non settimane, nell'unica base attrezzata per i droni. Amendola.»

28
Il Sacro Graal

La riunione è terminata, lasciando dentro di me ancora tanti dubbi. Perché Giulia ci manda questi messaggi? Dove vuole arrivare? Ha forse aderito a una rete internazionale di hacker pacifisti che vuole distruggere i droni? O lavora per qualche potenza straniera? Devo chiedere ancora.

«Presidente, che cosa significa tutto ciò? Ma soprattutto, queste informazioni sono alla portata di tutti o è necessario avere accesso a file militari?»

La presidente del Casa è molto decisa: «La prima parte, quella sullo studio dell'intelligenza artificiale, è materiale didattico in uso a diverse università. Ne abbiamo trovato di analogo al Politecnico di Milano, l'ateneo dove si è laureata la dottoressa Robatti. Si tratta di lezioni etiche per i futuri programmatori di intelligenze artificiali, i "domatori di leoni" del futuro. Non è di per sé materiale così interessante. La seconda parte, quella in cui si fa riferimento al Valkyrie, è stata ampiamente ripresa da diverse riviste specializzate in difesa. Molti siti internazionali riescono a essere informati con una certa approssimazione su materie militari. Nel nostro quotidiano monitoraggio di informazioni e siti borderline, abbiamo scoperto che vanno in rete perfino notizie dettagliate sul dislocamento delle portaerei americane nel Pacifico. È la globalizzazione e l'accesso ai satelliti che hanno reso possibile tutto questo florilegio di dati. Si chiama anche democrazia. Qualcuno, è mia opinione, è probabilmente finanziato da industrie belliche che tengono così alta la tensione sull'opinione pubblica e giustificano politicamente le spese militari. Qualcun altro è gestito da prestanome, probabilmente spie informatiche o "avvelenatori di pozzi". Internet è un mondo complesso, contiene il bene e il male. Dopodiché ricordiamoci che tutti siamo collegati con tutti, e le protezioni dei dati sono sempre più difficili. Colpisce però la metodica ricerca di informazioni proprio sui droni, l'esplicita messa in guardia sul loro utilizzo. Ma anche questo monitoraggio può essere frutto di attività pacifiste delle ong. Sono centinaia e sempre in contatto tra di loro. Sono contro le guerre, soprattutto quando un Paese invasore fa strame del Paese invaso. Si spediscono dati, fanno network. Ciò che ci lascia stupiti è invece l'ultima informazione, cioè l'arrivo di droni Valkyrie in Italia e alla base di Amendola. Questa è un'informazione riservata ai vertici militari della sua Forza Armata e soltanto persone in possesso di nulla osta sicurezza molto elevati possono averla. Come se la sia procurata è un mistero, una pericolosa falla dei nostri sistemi di sicurezza. Fatto sta che la dottoressa Giulia lo sapeva ed è venuta in Italia, con le sue colleghe, si è spinta fino ad Amendola e qui ha inscenato quella manifestazione in cui è stata fotografata. Ma nemmeno questo giustifica l'interesse spasmodico da parte di qualche potenza straniera per questi file. Salvo che il terzo... A questo punto sono io, capitano, che devo porgerle qualche domanda. Quando vi frequentavate, la sua ex fidanzata aveva mai espresso giudizi politici negativi sulla permanenza dell'Italia nella Nato? Si era mai spinta a minacciare ritorsioni su membri delle nostre forze armate? Lei la definirebbe violenta, fanatica, inaffidabile?»

«No, niente di tutto questo. Mi fece strane domande sull'etica e sul senso di colpa in caso in cui mi fosse ordinato di effettuare bombardamenti, ma ciò accadeva molto tempo prima che ci mettessimo insieme. Ero ancora un giovane allievo dell'Accademia di belle speranze.»

«Quindi secondo lei non ha intenti sovversivi?»

«No, assolutamente, a meno che non sia così cambiata in questi anni.»

«Ma allora perché scrivere quelle cose nel terzo file?»

«Che cosa c'è scritto nel terzo file?»

«"Il Sacro Graal, soluzione finale."»

«Che cosa significa?»

«Non lo sappiamo. La citazione però è importante, direi ultimativa. Il Sacro Graal, lo sa anche lei, è uno dei misteri che hanno sempre affascinato il mondo religioso e letterario. La coppa in cui bevve Cristo prima di morire sta a significare la soluzione di tutti i mali, la chiave di volta dei pensieri, dobbiamo credere che sia riferito alla tecnologia. Annuncia qualcosa di clamoroso. Non vorremmo che la sua amica avesse scoperto un metodo per entrare nei supercomputer degli Stati Maggiori e danneggiarli, magari con un virus letale. Sarebbe devastante. Sono tutte supposizioni, però il file è criptato. È accessibile solo con una password complessa. I primi sei caratteri dovrebbero essere numeri. A cui fanno seguito due parole: "Mai Nato". Capisce perché le ho fatto quelle domande? La sua ex manda dei file in giro, vuole che lei li trovi e poi il terzo, quello forse più importante, lo chiude a chiave. Ce lo inibisce.

Non solo, si augura che non finisca nelle nostre mani, nelle mani della Nato. Lei come se lo spiega?»

«Non me lo spiego affatto.»

«E io le credo. Ora è il momento di una confessione. Lei capitano è monitorato da tempo. L'abbiamo fatta pedinare per settimane. Abbiamo messo sotto controllo la sua vita, con un sofisticato congegno installato in un telefono che capta ogni sua conversazione. Una specie di trojan, già utilizzato dai magistrati nelle indagini giudiziarie, ma molto, molto più raffinato. Ricorda? Gliel'ha consegnato in ospedale il maggiore Mulas, ottima agente del Rgs. Non gliene voglia, so che siete molto amici oltre che compagni di corso. Fa il suo lavoro di agente, come lei svolge al meglio quello di pilota e ufficiale. La sua condotta, capitano, è specchiata. Ci fidiamo di lei, oltretutto diventerà presto uno dei nostri. In realtà, visto il suo coraggio, vorrei averla con noi al più presto. Capitano, siamo nelle sue mani: deve assolutamente incontrare la dottoressa Robatti, deve assolutamente farsi dare la password. Deve assolutamente aiutarci a risolvere questo giallo. Ripeto: siamo nelle sue mani. Assolutamente nelle sue mani.»

29
I ricordi

Sono stati giorni terribili. Di colpo mi sono ritrovato a recitare un copione nuovo, a svolgere una missione a cui non ero preparato, ma la verità su Giulia e la sua scomparsa è lì dietro l'angolo. Manca solo l'ultimo prezioso tassello. Che cosa contiene il terzo file e perché lei lo ha reso così inaccessibile? Quali sono le cifre da comporre per accedervi e per quale motivo non desidera che ne venga a conoscenza la Nato? Eppure sa benissimo che la mia Forza Armata opera all'interno del Patto atlantico, sa benissimo che io non tradirei mai il mio Paese e che metterei immediatamente i miei superiori al corrente di qualunque notizia riguardi la sicurezza nazionale. Ho bisogno di rifletterci su, di staccare la spina. A mente fredda, forse, mi verrà in mente qualcosa che sblocchi quel codice: xxxxxmainato.

Sono scampato a un attentato per pura fortuna. Sospettano addirittura due attentati. I funzionari dei servizi segreti e tutti i miei superiori ripetono che ora posso stare tranquillo, che la minaccia ai miei danni è stata sventata e sono sotto stretta sorveglianza. Dicono: «Basta premere un pulsante di questo telefono criptato». Anche questo è un tranello che non mi sarei mai aspettato. Devo abituarmi al mondo delle spie, ragionano in modo davvero cinico. Eppure devo accettarlo, l'aereo saltato in aria era il mio. Sono vivo per miracolo. Loro si fidano di me? Io mi fido di loro. Be', proprio tranquillo non lo sono affatto. Guardo intorno quando mi muovo e ogni macchina mi sembra una minaccia, ogni passante un terrorista. Sono nel pieno di una paranoia complottista che mi accompagna dall'alba al tramonto. Del resto, chi non ha paura non è coraggioso, è solo incosciente. Quando piloti un jet a duemila chilometri l'ora devi avere paura, altrimenti gli dai confidenza e lui ti uccide. Un bravo pilota non si affida all'audacia, ma alla conoscenza del mezzo. Affrontare e vincere la paura, questo è il vero coraggio. Anche se di coraggio ne hanno di più le persone che affrontano ogni giorno vite sempre uguali e lo fanno per mantenere la loro famiglia. Non conta che siano uomini o donne, sono persone responsabili.

Io sento ancora una volta di aver compiuto il mio dovere di militare e devo cercare di scacciare l'ansia. Mi ci abituerò, considerato anche i miei nuovi compiti a cui non mi sentivo affatto preparato. Ma in attesa di eventi devo concedermi uno stacco.

C'è solo un luogo che è come il mio secondo ventre materno, dove posso immergermi nella placenta dei ricordi, dei suoni, dei colori, delle voci: la mia terra, l'Emilia. Ci sto andando. L'autostrada Firenze-Bologna di giovedì mattina è sgombra. In meno di due ore sarò a Modena Sud, poi la provinciale 324 e arrivo finalmente a casa. Alla mamma ho detto che sono in arrivo, ma non so quando. Forse mi fermerò da Ivano, un vecchio compagno di scuola che non si è mai mosso dal paese dove ha aperto un bellissimo agriturismo. Serve il miglior gnocco fritto della zona come medicina per distrarmi. Ne ho bisogno. Mi fermo all'area di servizio per fare rifornimento e proprio mentre sto pagando il carburante sento il trillo che segnala l'arrivo di un sms.

Accedo al telefono con l'ID facciale. Lo leggo: «Mak P 100, fiume». Non compare il numero da cui è stato inviato. Che cosa significa e chi ha mandato questo messaggio? Sono quelli del Rgs, mandano un messaggio in codice? È ancora uno di quelli che mi danno la caccia e mi tende un tranello? O vedo una realtà distorta? Mak P 100 è un termine militare, rappresenta un momento fondamentale per noi allievi dell'accademia. Il suo nome ha un'origine misteriosa, deriva probabilmente dal dialetto piemontese e in particolare dall'antica accademia militare sabauda. Sta a significare che mancano appena cento giorni per la nomina a ufficiale. Il momento in cui ci si prepara per entrare nella grande famiglia di coloro che iniziano ad avere anche diritti, oltre che doveri. Ufficiali. Si festeggia con un ballo, al quale partecipano giovani ragazze invitate dai futuri ufficiali. Un tempo era l'ingresso in società delle diciottenni. Ancora oggi, nonostante i tempi siano cambiati, si chiama il «ballo delle debuttanti». Loro si vestono in lungo, entrano in una dimensione un po' ottocentesca, ma sempre suggestiva. Noi cadetti le invitiamo per le danze, mentre il cerimoniale prevede discorsi, brindisi e…

E come posso dimenticare il mio Mak P 100? Fu allora che accadde tutto. Avevo chiesto il permesso a Mario, il mio compagno di corso: «Posso considerare tua sorella la mia invitata principale, cioè colei con la quale aprirò le danze?».

«Mi fa solo piacere, ma diglielo tu. Io l'avevo già pregata di venire alla festa e lei, sai com'è, ha iniziato a parlarmi di cerimonie obsolete, di copioni fuori dal tempo, di rigidità militari. Proprio non la capisco. Temo sia una pacifista un po' ottusa.»

Invece Giulia aveva accettato il mio invito. Quel tardo pomeriggio la vidi arrivare al salone dell'Accademia in abito lungo bianco, sottobraccio al fratello. Se la prima volta che l'avevo vista mi aveva colpito, la seconda mi aveva letteralmente stregato.

«Sei bellissima» riuscii a balbettare goffamente.

«Grazie. Tu invece sembri proprio un pinguino, vi chiamate così, no? Balliamo, cadetto» mi rispose con un sorriso a metà tra il malizioso e il supponente. Non capivo se mi considerava davvero un manichino impettito, stretto nel mio smoking da alta cerimonia, o se, in qualche modo, le faceva piacere essere lì con me. E poi, perbacco, avevo già cento ore di volo in carniere. Non ero più un pinguino!

Ballammo per due ore e più il tempo passava, più notavo, o mi illudevo di notare, che si stringeva maggiormente a me. Approfittai di una pausa per invitarla a fare una passeggiata sulla stessa terrazza in cui tre anni prima le avevo preso la mano e là, davanti al panorama mozzafiato del golfo di Pozzuoli, con le luci della baia che sembravano piccole stelle, mi gettati in picchiata. Tentai di baciarla. Lei si ritrasse.

Manovra sbagliata, allievo ufficiale, pensai tra me e me. Sei stato abbattuto alla prima missione.

La vidi voltarsi, fare due passi verso l'uscita. Poi imprevedibilmente si rigirò, tornò indietro, mi mise le braccia intorno al collo e mi baciò con trasporto. «Ci voleva tanto a dirmi che ti piaccio, signor tenentino?»

Ero senza parole. La baciai ancora e in quel preciso istante realizzai che la mia vita senza di lei non sarebbe stata mai più la stessa. Balbettai soltanto questa frase banale: «E io ti piaccio almeno un po'?».

«Un po' sì e ti ho già spiegato due anni fa che cosa mi attira di te. Sei l'esatto mio contrario. Io vivo priva di regole, tu sei la regola al cubo. Non fai niente se non lo prevede il regolamento. Eppure quando ti sento parlare di jet, di missioni nel cielo vedo in te un sognatore. E i sogni fanno bene. Io invece non so bene che cosa sognare. Ma non è tutto. Tu... voi ufficiali siete uomini che sanno assumersi le proprie responsabilità. Volate, studiate, pianificate la vostra vita. Ce ne sono pochi in giro di uomini così. La gente si muove alla giornata, senza obiettivi precisi. Gli uomini dicono che ti amano, che farebbero qualunque cosa per te. Poi, alla prova dei fatti, scappano appena parli di famiglia, anche solo di formare una coppia stabile, di figli e di sogni da condividere. E a proposito di sogni: non sognarti di chiamarmi ampollosamente la tua fidanzata. Ci vediamo quando ci vediamo. Punto e basta.»

Non so se esiste il timbro di «fidanzati» a una relazione sentimentale, ma iniziammo a frequentarci regolarmente. Come due... fidanzati. Ero ormai un ufficiale e l'Accademia era una sorta di college. Entravo per seguire le lezioni, potevo anche dormire fuori. Il week end era libero.

Lei veniva da me ogni due settimane, il venerdì sera. Ci davamo appuntamento in centro a Napoli e poi ci si rifugiava in un albergo senza pretese, ma lindo e ospitale, nel quartiere Mergellina. Quando uscivamo (se uscivamo...) dalla nostra alcova, una stanza con le tende azzurre e gialle, facevamo lunghe passeggiate sul lungomare, tra l'Hotel Vesuvio, proprio di fronte a Castel Dell'Ovo, e il Maschio Angioino. Furono i giorni più belli della mia vita.

Io facevo molto sul serio. Pensavo che finito il corso di volo le avrei regalato l'anello e poi... Poi le avrei chiesto di sposarmi. Non avrei desiderato un'altra donna al di fuori di lei per tutta la mia vita. Tanto che decisi di fare il primo grande passo: «Vorrei tanto presentarti alla mia mamma. Se ti imbarazza le dirò che sei solo un'amica. Ti va di accompagnarmi in Emilia?».

Giulia ci pensò su un attimo, poi rispose: «Le mamme capiscono sempre tutto al volo. Mi sembra un passo troppo lungo».

«Ok, come vuoi, ma dammi almeno la soddisfazione di farti visitare i luoghi in cui sono cresciuto da bambino e poi da ragazzo.»

«Questo è giusto. Anch'io ci tengo tanto alle mie radici venete. Andiamoci.»

La settimana successiva il nostro consueto programma venne modificato. Chiesi un permesso in Accademia, presi un Freccia Rossa fino a Bologna dove aspettai lei, in arrivo da Venezia. Noleggiai un'auto e la portai dritta dritta a Pievepelago, un piccolo paesino sull'Appennino tosco-emiliano, a circa mille metri di altezza, dove avevo trascorso, per otto anni di fila, le mie estati in una colonia. Era gestita dai sacerdoti dell'Onarmo, l'organizzazione assistenza morale e religiosa che portava in vacanza i ragazzi meno abbienti, i figli di operai come me. Ricordo bene il sacerdote che ci faceva pregare al mattino appena svegli. Avveniva nel cortile della casa-colonia. Faceva un bel fresco, mentre giù, nella Pianura Padana, dove vivevano i nostri genitori, il termometro arrivava anche a trentacinque gradi.

«Siate grati ai vostri padri e alle vostre madri di questo privilegio. Loro sono in fabbrica e scoppiano di caldo per farvi studiare, voi vi divertite al fresco.»

Io e lei parlavamo, parlavamo di tutto e di niente, mentre mi inerpicavo al volante della Polo sulla via Giardini. Arrivammo a Pievepelago in quasi due ore di curve e le proposi un'insolita gita.

«Voglio portarti in un luogo particolare e a me molto caro.

È un minuscolo torrente tra i boschi. Da bambini ci bagnavamo i piedi nelle polle formate da una piccola cascata. Sono davvero curioso di scoprire se tutto è rimasto come allora.»

In venti minuti, a passo svelto, tenendoci sempre per mano, arrivammo al torrente con un sentiero tra i boschi. Sì, era tutto quasi come allora. Quasi. Mi colpì molto un lungo bastone, proprio a metà della cascatella, la parte inferiore immersa nell'acqua, l'estremità superiore appoggiata sulla sommità. Qualcuno ce l'aveva appoggiato o era semplicemente caduto? Ricordo come fosse ieri che mi interrogai sul significato di quel bastone, ammesso ne avesse uno. Era come stesse lì a dividere la mia vita: a sinistra il passato, a destra il futuro. Il passato era stato bellissimo. Il futuro? Giulia intanto sorrideva. La baciai e ci gettammo a terra, sull'erba. Facemmo l'amore lì come due selvaggi.

Ce ne andammo e di lì a poco scoprii che quel bastone era davvero un simbolo, mandato da chissà quale spirito maligno per mettermi di fronte a un amaro destino. Il mio futuro stava cambiando.

Facemmo ritorno ognuno alle proprie mete. La baciai in stazione a Bologna, dandoci appuntamento alla settimana successiva. Non sarebbe stato un incontro come gli altri. Stava avvicinandosi la data fatidica, la fine del quarto anno in Accademia. Di lì a poco mi sarei misurato con la fase cruciale del mio percorso di studi. Mi aspettava il programma di pilotaggio avanzato sui jet. L'Aeronautica mi avrebbe mandato in Texas, alla Sheppard Air Force Base, dove, dopo un difficile corso, se fossi risultato idoneo, avrei potuto finalmente mettere sulla mia giacca la spilla con l'aquila turrita, il distintivo dei piloti militari brevettati. Proprio come nel celebre film sarei diventato un Top Gun. La mia permanenza negli Usa sarebbe stata di un anno circa.

Sapevamo entrambi che, vista la distanza e soprattutto l'intensità dell'addestramento, ci saremmo visti non più di una volta. Forse. Ero diviso a metà: da un lato la gioia di poter mettermi ai comandi di un jet, dall'altro la sofferenza per non poter vedere la donna che amavo. Cercavo di consolarla: «Giulia, sei mesi passano in fretta. Ti telefonerò tutti i giorni, ti scriverò lettere, ti ossessionerò con la mia presenza, seppure a distanza». In realtà tentavo di consolare me stesso. L'idea di non vederla così a lungo mi spezzava il cuore.

Lei sorrideva: «Sei importante, ma non indispensabile. Sopravviverò. Ho i miei studi di ingegneria, le mie amiche, i miei amici, lo sport, la mia famiglia. Tu piuttosto pensa a superare il corso. Non voglio ritrovarmi con un pinguino frustrato che cade sul traguardo proprio all'ultimo miglio. Vola col cervello libero. Vola e non pensare a me. Come dici tu, sono sei mesi. Per me non cambierà nulla. Per te tutto».

Passarono alcune settimane e il giorno fatidico arrivò. Venne a salutarmi a Pozzuoli. Eravamo tutti e quaranta in divisa, tutti tenenti freschi di nomina. Tra noi, dieci colleghe donne, protese verso il grande sogno. La stringevo, la stringevo sempre più forte mentre mi avviavo verso il pullman militare che ci avrebbe portati all'aeroporto di Napoli, da cui saremmo partiti per gli States con un C-130 da trasporto. Prima di salutarci fece un gesto che non avrei mai più dimenticato.

Mi prese il cappello da ufficiale, se lo calò in testa e mi baciò. Poi pronunciò una frase presa da una delle sue canzoni preferite: «Vola tu dove anch'io vorrei volare, verso un mondo dove è ancora tutto da fare». Ripresi il mio cappello e salii sul pullman appena in tempo per ricacciare le lacrime.

30
Il distacco

Al nostro arrivo nella base di Sheppard non ci fu nemmeno il tempo di ambientarsi alla lingua che per altro avevamo studiato in modo intensivo in Accademia. Ci assegnarono alloggi individuali molto spartani, ma efficienti. Riposi gli abiti nell'armadio, piazzai la foto di Giulia sul comodino e sprofondai nel sonno più profondo. La mattina dopo ero già in tenuta di volo, con la prima tuta anti-G della mia carriera che fissavo orgoglioso alle gambe, il casco con maschera a ossigeno, simbolo del passaggio ai jet che volano in alta quota senza pressurizzazione. Sì, è il caso di dire che ero al… settimo cielo. E via, con le missioni.

La chiamai quasi subito, favorito dal fuso orario. Da me erano le 6 del mattino, in Italia le 12. Stavo per infilarmi nella carlinga del T-38 con l'istruttore. Ero in linea volo e il frastuono degli aeroplani copriva un po' la comunicazione. Mi rispose un po' affannata: «Stai bene, Rola? Sto correndo all'università, oggi ho lezione di fondamenti di programmazione elettronica. Brutta bestia, ma ce la farò. E tu? Voli?».

«Volo, volo, sto lassù e ti penso. Quando posso…»

«Pensa ai comandi e a tornare giù sano. A presto, caro.»

Non feci caso al fatto che era un po' fredda. Gli allenamenti erano talmente intensi che c'era poco spazio per i pensieri. I primi giorni erano davvero stressanti. Altri parametri di volo, altra velocità, ma mi ambientavo. Una sera ero stremato. La chiamai alle 18 ora locale, mezzanotte in Italia. Non rispose. Pensai stesse dormendo. La richiamai la mattina successiva. Niente. Alle 17 ritentai. Mi rispose seccamente: «Sono stanca, scusa, brutta giornata, ci sentiamo domani».

Il giorno dopo stesso copione. Due parole di circostanza e via. La terza settimana iniziai ad avere dei sospetti. Decisi di approfondire: «Giulia, c'è qualcosa che non va, sei preoccupata? Ti sento così distaccata».

«No, Rola, è che… Sono in una fase delicata della mia vita. Niente di grave, ma ho bisogno di riflettere.»

«Su che cosa?»

«Su tutto, anche su di noi.»

«Intendi dire che…»

«Non prenderla così. Devo pensare, ripeto: una pausa di riflessione. Ti prego: lascia che ti richiami io appena me la sento.»

Un brivido mi corse giù per la schiena. Una donna, quando vuole, sa decidere e quando lo fa tu non puoi e non devi farci niente. Trascorse un mese, poi due. Io come pilota mi stavo facendo valere. Ero il numero 3 nella graduatoria dei brevettandi. Come uomo, come fidanzato, invece stavo fallendo. Perché?

Quando mi appuntarono l'agognata aquila turrita sul petto avrei voluto gridare: «Ce l'ho fatta, sono un pilota militare!». Il pensiero, invece, corse a lei. Non era lì con me. L'avrei mai più rivista?

Tornai in Italia, venni assegnato alla base di Galatina per l'addestramento avanzato su aviogetti. Forse, tornato in patria, avrei dovuto chiamarla. Mi fermò l'orgoglio? La rassegnazione? La stupidità? Non lo feci. Me lo rimprovero ancora oggi. Il rimpianto per quello che avrebbe potuto essere lasciò lo spazio a quello che non era stato e poi alla rassegnazione. Mi buttai a capofitto nel lavoro, tra voli, missioni, briefing e intercettazioni. Dopo il brevetto di pilota militare, venni inviato a Cottesmore per addestrarmi sui Tornado. Ero destinato al 6° Stormo di Ghedi dei Diavoli Rossi, ma poi, per esigenze di servizio, giunse l'assegnazione al 4° Stormo. Mi sentii un Dio.

Diventare intercettore era sempre stato il mio sogno, per di più su velivoli più moderni. È bella la vita di un pilota di reparto. Impegnativa, ma molto gratificante. Poi, dopo due anni, arrivò quasi inaspettatamente la chiamata in Pattuglia. E divenni in sei mesi Pony 8. Ecco, quel giorno, il giorno della mia prima esibizione, pensai che il destino era stato anche troppo generoso con me. Non potevo avere tutto. Ma lei mi mancava, mi mancava. Non ho mai più conosciuto l'amore.

Ora sono qui, calato in un mondo a me sconosciuto e sto andando a casa mia. Ecco a che cosa penso andando là, nella mia Emilia. Ai giorni più importanti e più belli della mia vita. Molto più belli di quando ho messo l'aquila turrita.

Rileggo l'sms, lo studio e, come in un lampo, capisco tutto, comprendo il significato di quel messaggio. È lei che me lo ha mandato! Non potrebbe essere che lei. Mi sta dando appuntamento al fiume dove andammo insieme dopo il Mak P 100. Uno degli ultimi giorni felici. Chissà come ha saputo che sono proprio qui in zona? Sa che è il mio *buen retiro*. Vuole rivelarmi il contenuto del terzo file? Sarà così. Riuscirò a rivedere Giulia dopo tanto tempo? E come reagirò? Non resta che farmi trovare là. Io ci sarò. Ma tu, Giulia, non sparire un'altra volta.

31
I file mancanti

La cascata, gli arbusti, i boschi di pini, il silenzio che avvolge quel luogo così ricco di ricordi. È rimasto tutto come allora. Come otto anni fa, quando ci venni con Giulia. C'è perfino il bastone immerso per metà nell'acqua e che continua a dividere il mio passato dal mio futuro. È ormai un'idea fissa che un semplice pezzo di legno abbia un significato simbolico. D'altro canto tutti viviamo di simboli: la mia divisa è un simbolo, l'aquila da pilota è un simbolo, lo sono certamente le Frecce Tricolori di cui faccio parte. Sono assalito da mille pensieri e per scacciarli mi tolgo scarpe e calze. Entro nell'acqua gelida e mi sciacquo il viso, come facevo quando ero bambino. Ora ragiono meglio. Avrò capito il senso di quel messaggio o anche questa è soltanto una mia proiezione mentale, un filo sottile che mi tiene attaccato alla speranza di rivederla?

Avrei tante cose da chiederle. Anche riguardo al passato. Perché è finito tutto così tra di noi? Che cosa avevo fatto di sbagliato? Non potevo proprio rimediare?

Prima, però, viene il dovere di soldato. Prima deve darmi tante spiegazioni, deve dirmi che cosa contiene quel file misterioso, un documento per il quale qualcuno era disposto a uccidere, lo ha fatto e probabilmente lo farebbe ancora. E per il quale anch'io ho rischiato la vita. Sì, Giulia deve dirmi in faccia che ce l'ha con noi militari della Nato, quindi anche con me e per quale motivo le è montato questo odio. Sempre che venga. Sempre che abbia interpretato bene questo messaggio criptico e non abbia fantasticato coi miei desideri.

Aspetto un segnale, una conferma. Poi d'improvviso sento il rumore di foglie calpestate. È un crepitio flebile, come se stesse camminando nel sentiero una persona minuta, una donna. No, il rumore adesso si è fatto strano. È qualcuno che salta tra un arbusto e l'altro, molto veloce, una corsa irregolare e imprevedibile. Tendo l'orecchio finché sento l'abbaiare di un cane. I suoi passi si fanno sempre più vicini, quando sbuca d'improvviso e mi corre incontro. È un delizioso Jack Russell, una razza che mi è sempre piaciuta. Fedele come me e… volubile come lei. Volevamo prenderlo quando stavamo insieme. Anche questo faceva parte dei nostri progetti di vita, prima che tutto finisse. Un jackino, lo chiamava lei. Un delizioso quattro zampe. No, non può essere una coincidenza. Dev'essere questione di poco e poi la vedrò sbucare dal bosco.

Intravedo una sagoma, è una donna con un cappellino a visiera, i jeans e una maglietta chiara. Il cuore batte all'impazzata. Sto andando in stallo. È lei, è proprio Giulia!

«Ciao.» È tutto quello che riesco a dire, paralizzato dall'emozione.

«Ciao» risponde.

Sotto il cappello gli occhi sono i suoi, il viso è il suo. Non è cambiata per niente. Sorride, si guarda intorno, si volta per essere certa di non essere stata seguita.

«Sei venuto solo o qualcuno ti accompagna? Scommetto che sei un obiettivo sensibile e ti hanno dato la scorta.»

«Sì, ma sono riuscito a eluderla, almeno per un po'. Ho in tasca il mio telefono e con quello mi rintracceranno, ma impiegheranno un po' a localizzarmi esattamente. Poi si chiederanno se devono intervenire, nella speranza che tu ti faccia viva e non scappi sentendoti minacciata. Abbiamo un po' di tempo per parlare, sempre che tu non voglia uscire dall'ombra in cui ti sei nascosta e consegnarti ai Carabinieri. Per spiegare tante cose. Ah, scusa: il cane è tuo?»

«Sì. Era da tanto che volevo un Jack Russell. Siamo insieme da tre anni. Si chiama Morositas perché ha il muso scuro come le famose caramelle che andavano negli anni Ottanta. Io sono rimasta un po' all'antica. Pur adeguando le mie conoscenze ai tempi e al progresso. A proposito, è con il tracciamento del tuo telefono che seguivo i tuoi spostamenti. Quando hai preso l'autostrada per Bologna ho capito che stavi venendo qui e ti ho raggiunto. Comunque, per rispondere ai tuoi dubbi, sappi che non ho commesso reati. Non ho niente di cui giustificarmi. Anzi, ho agito nell'interesse comune, anche nel tuo. Capirai perché. No, per ora resto nell'ombra. Speravo tanto che avresti capito quel messaggio: Mak P 100, fiume. Ho usato questo codice che soltanto tu potevi comprendere. Vedo che non hai dimenticato quei giorni.»

«Come avrei potuto? Sono stati i giorni più belli della mia vita.»

«Più del brevetto di pilota in America, dei jet, della carriera, delle Frecce Tricolori? Ho visto una tua foto sui giornali in tuta blu.»

«Giulia, questo è un colpo basso. Parliamo di te piuttosto, pensavo avessi rimosso tutto di noi, anche questo luogo.»

«Rolando, è un po' complesso da spiegarti. Da quanto

non ci vediamo? Otto anni, mi pare. Sono stati anni in cui sono accadute tante cose, alcune belle, altre brutte. Anni intensi di cui poi parleremo, se lo desideri. Parleremo di tutto, se ci sarà il tempo prima che arrivino i tuoi angeli custodi. Ora, suppongo, da buon soldatino vorrai sapere tutto di quella chiavetta, di quei file, del perché ho deciso di inviarteli. Sono costati la vita a due mie colleghe, due care amiche, due persone meravigliose. Si sono sacrificate per le loro idee, le nostre idee, per un senso di giustizia, per far sì che il mondo sia un po' migliore. Un po' meno brutale, con delle regole. Tu le ami tanto le regole, no? Spero che il loro sacrificio non sia stato inutile. Quando saprai, capirai perché c'è gente disposta a uccidere per quei file. Anzi *quel* file. Volevano uccidere anche te.»

«È il mio lavoro rischiare la vita, Giulia, il tempo stringe, parlami di quel terzo file.»

«Che cosa ne sai di intelligenza artificiale?»

«Non molto. Ho studiato qualcosa i primi due anni, durante il biennio di Ingegneria. Sarà materia di studio alla scuola di guerra che frequenterò a breve per diventare ufficiale superiore. Tu ne sai sicuramente più di me.»

«È il mio campo. Anni fa, dopo la laurea a Milano, mi sono specializzata in California in Ingegneria informatica, con uno specifico orientamento sull'intelligenza artificiale. Anch'io sono partita per l'America, proprio come te. E anch'io volavo come te: non su un aereo, ma negli spazi siderali della matematica e degli algoritmi, un universo infinito. A occhio e croce direi che ci siamo quasi incrociati, ma questa è un'altra storia. L'AI è il futuro, il mondo non potrà farne a meno e sapevo che studiarla mi avrebbe offerto ottime possibilità di lavoro.

«Ma più approfondivo, più ne intuivo gli enormi vantaggi e gli enormi rischi. L'AI impara veloce, incamera nozioni a una rapidità pazzesca. Immagina un bambino che a un anno pensa come un adulto, a due è laureato, a quattro ragiona come uno scienziato e via via sempre più consapevole, sempre più informato, sempre più autonomo. Ascoltami bene: autonomo. Negli States, Elon Musk era già in una fase avanzata degli studi sull'AI. Si cimentava da tempo con le auto pilotate a guida autonoma. Nella mia vita evidentemente c'è sempre un pilota...

«I primi esperimenti sono stati incoraggianti. Sembrava che un robot alla guida eliminasse il rischio di incidenti. Un mondo migliore. Poi hanno iniziato a riscontrare fenomeni imprevedibili. Messo di fronte a decisioni improvvise, a potenziali crash, il pilota ad AI prendeva decisioni inaspettate. Investiva pedoni anziani per salvare se stesso, considerandoli sacrificabili, invertiva la marcia quando c'era traffico.

«La verità è una sola: nessuno riusciva a capire come ragionasse. Ho finito il mio stage in America portandomi dietro quel bagaglio di esperienze e nozioni. Al mio ritorno in Europa ho cercato impiego in Italia. Mi offrivano soltanto contratti a termine come stagista. Così, insieme con alcune compagne di corso, ci siamo guardate intorno. L'Olanda aveva ricevuto importanti fondi comunitari per lo sviluppo di startup sull'AI e abbiamo deciso di trasferirci in un bel Paesone del Nord dove c'è una fiscalità vantaggiosa.»

«A Hengelo, l'ho saputo mio malgrado che lavorate lì.»

«Esatto. La AINeverBorn, agli inizi, era una cooperativa, composta da noi quattro compagne di università, tutte donne e tutte decise a farci largo in un mondo maschile. A dimostrare quanto valiamo, quanto siamo brave. La AINeverBorn è partita subito a razzo. I primi progetti li abbiamo realizzati per aiutare le piccole e medie aziende a gestire la logistica, i magazzini, poi il personale. Ricevevamo moltissimi ordini, richieste di consulenze. Gli affari andavano a gonfie vele. Ci siamo ingrandite. Noi quattro fondatrici abbiamo assunto altre otto ragazze, due italiane, una canadese, tre olandesi e due francesi. Abbiamo fiutato un nuovo mercato e iniziato a progettare sistemi di AI per piccoli elettrodomestici. Il primo, ora sorriderai, è stato un banale aspirapolvere. Un robottino per pulire la casa. Non è una scelta casuale. Sui siti di noi programmatori avevamo letto di un'esperienza che ha fatto letteratura. Un tecnico inglese ne aveva programmato uno simile. Dunque, il robot gira per casa su quattro ruote, fa il suo lavoro, ma quando arriva contro un mobile vi sbatte e lo rovina. Il tecnico pone rimedio al mini-crash installando un sensore e lo riprogramma. E pensa: "Si fermerà prima". Sai invece che fa il robot? Si gira a marcia indietro e continua imperterrito a sbattere contro i mobili. Lui monta un secondo sensore sulla parte posteriore. La macchina si ribella. Si lancia a forte velocità contro il muro, rompe il secondo sensore e via, verso l'obiettivo: pulire il pavimento. Obiettivo raggiunto a qualunque costo. Ci sono decine di questi casi. Macchine che barano agli scacchi per battere l'uomo, altre che interrompono il loro lavoro sapendo che, con il tempo, il loro padrone dormirà e potranno agire a modo loro, indisturbati. Potrei andare avanti fino a domani, ma ti annoierei. Noi in Olanda, allora, abbiamo sviluppato un lavoro parallelo. Mentre progettavamo algoritmi per AI a uso commerciale studiavamo nuovi principi di programmazione. Avevamo un motto: l'AI impara in fretta. Dipende che cosa gli insegni. Poi tutto è precipitato. È scoppiata la guerra Ucraina-Russia.»

«L'invasione dell'Ucraina, vorrai dire.»

«Giusto. È stato in quel momento che l'AI ha imboccato

nuove strade, sempre più pericolose: l'utilizzo militare. Ho iniziato a pormi nuove domande su un mondo di cui avevo sentito parlare soltanto da mio fratello e da te: il mondo militare. Iniziai a leggere che i soldi della ricerca finiscono sempre più a voi soldati. Sapevi che gli Usa spendono ogni anno novecentonovantasette miliardi di dollari nell'apparato bellico? Il secondo Paese è la Cina con trecentoquattordici miliardi stimati. E la Russia arriva al terzo posto con centoquarantanove miliardi.»

«È il mio lavoro, certo che lo so, ma cosa c'entra tutto ciò con quel file?»

«Leggo sempre più spesso che gli aerei tradizionali che voi pilotate con tanta passione in Ucraina non si alzano nemmeno. Sostituiti dai droni. Macchine micidiali che costano meno e vanno dirette sull'obiettivo. Danni collaterali? Nessuno ne parla. Volevo saperne sempre di più. Sono entrata in contatto con alcuni siti gestiti da organizzazioni pacifiste che promuovono via internet incontri virtuali di sensibilizzazione sulla pace nel mondo. Giovani e utopisti, penserai di loro. Ma almeno ragionano e si pongono domande. Lo confesso: mi hanno conquistata. Ho aderito a queste organizzazioni. Li ho aiutati nell'attività sui social, ho partecipato anche a qualche manifestazione di protesta a favore del disarmo. Poi ho iniziato a leggere qualcosa che impattava sempre più direttamente con il mio campo. Stavano mettendo in servizio droni a intelligenza artificiale. Lo faceva il Pentagono.»

«L'hai scritto nel secondo file. Non è una notizia così riservata. La trovi ovunque.»

«Sì, ma devi cercarla e le persone comuni hanno altri pensieri per la testa. Gli americani dicono che sono soltanto alla fase sperimentale. Non ci credo. Quello che sto per dirti non lo sai, perché nel file non c'è: qualcuno li ha già battuti sul tempo.»

«I russi?»

«No, gli inglesi. Questo dato doveva essere coperto da segreto militare. L'ha rivelato un hacker che si fa chiamare "Cow boy". Non so chi sia. Ha scritto che l'MI6, il servizio segreto inglese, ha fatto filtrare la notizia che la Raf (Royal Air Force) ha condotto i primi esperimenti sull'utilizzo dei droni a intelligenza artificiale e che li stava mettendo in servizio, nonostante una serie di gravi problemi durante le esercitazioni. Si svolgeva tutto al computer, con i simulatori, in questo modo: un operatore siede al joystick e guida il drone che vola. Lo programmano per colpire una casa popolata di terroristi.

«L'uomo a terra lo indirizza. Il drone arriva sull'obiettivo, fa una panoramica, poi si prepara per sganciare il missile. Senonché sullo schermo del pilota a terra compare una croce rossa. Potrebbe essere un ospedale. L'operatore lancia il segnale "Abortire". Il drone risponde: "Ospedale dismesso. Proseguire". L'operatore insinua il dubbio: "Siamo certi che non vi siano pazienti all'interno?". Ordina di nuovo di abortire la missione e lancia un virus per disattivare il sistema di guida del drone. La macchina la coglie come minaccia e reagisce, così rivolge l'attenzione sul computer principale e cerca di neutralizzarlo per portare comunque a termine la missione. Gli spara! Hai capito bene. Gli spara un missile! Gli avrebbe sparato addosso se fossimo stati nella realtà. Poi, come se niente fosse, stila e invia il rapporto finale: rischio 5 per cento, benefici 90. Effetti collaterali contenuti. Missione compiuta. Hai capito in che razza di guaio può cacciarsi l'aviazione del domani con questi mostri? È l'umanità stessa a essere in pericolo.»

«Be', ci staranno riflettendo su e anche gli americani faranno lo stesso. Si fermeranno in attesa di capirci di più. Comunque mi sembra siano scenari molto lontani dalla realtà.»

«Ne sei proprio sicuro? Li senti i discorsi dei politici sui media? Dicono tutti: "C'è un modo per fermare Putin senza armi sempre più sofisticate che non siano atomiche?". Non siamo forse di fronte a una nuova invasione dei Sudeti, come quella di Hitler nel '38, che portò poi alla guerra in Europa? E poi le tensioni in Medio Oriente e i tragici sviluppi nella Striscia di Gaza. Perfino io, con i pochi mezzi di cui dispongo, con la mia rete virtuale, ho saputo che quei droni di ultima generazione arriveranno qui in Italia, ad Amendola. Li testerete soltanto o li metterete in servizio? E, se accadrà, sarete poi in grado di comprenderli, di guidarli, di fermarli se necessario? Hai capito perché sono andata in Puglia a manifestare? A essere sincera non lo ritenevo così utile alla causa. Credo molto di più nella nostra attività su internet, ma mi sono fatta convincere dalle mie colleghe. Ormai è fatta.»

«Giulia, rispetto le tue idee, ma non ti sembrano discorsi un po' troppo grandi per te, perfino per me, che sono un semplice pilota?»

«Forse. Ma sull'intelligenza artificiale so il fatto mio. E non mi sono fermata.»

«Dimmi che cosa hai combinato, ho quasi paura di sentirlo.»

«Prima di tutto mi sono connessa con il maggior numero possibile di programmatori dell'AI sparsi per il mondo. Siamo una comunità molto numerosa. Ci scambiamo dati, informazioni, esperienze, un po' come facevano gli scienziati durante il Covid, quando cercavano di arrivare al vaccino nel più breve tempo possibile. Infatti ci sono riusciti. Siamo un unico, gigantesco trust di cervelli a livello planetario, che rema nella stessa direzione. Poi abbiamo installato in azienda un simulatore non molto dissimile da quello che usano i militari per far funzionare i droni a intelligenza artificiale. In fondo il drone è come un'aspirapolvere. Solo che porta missili e bombe. Lo programmi nello stesso modo.»

«Come?»

«Sviluppandogli il processo neuronale con un algoritmo. Ho lanciato una serie di domande ai miei colleghi. La più importante era: "A che modello di individuo deve rapportarsi l'AI per non fare danni?". Un giorno ho ricevuto un messaggio da un anonimo collega cinese. Gli asiatici hanno un grande rispetto per l'Europa. Vengono da una grande civiltà e per questo rispettano la nostra. Mi ha detto: "Il modello è un uomo evoluto, con una coscienza solida, il rispetto assoluto per la vita. Va riprodotto un cervello con un retroterra storico-culturale che solo un europeo possiede".»

«Questo era contenuto nel file numero uno. Ho letto concetti di etica, ma mi è sembrato, francamente, solo un delirio filosofico. Al lato pratico, in una macchina che cosa differenzia il cervello di un europeo da quello di un americano?»

«Me lo ha suggerito proprio quel collega cinese. È la storia dei nostri popoli, Italia in particolare, a fare la differenza. Mi ha scritto: "Voi avete vissuto una stagione straordinaria, l'Umanesimo". Non capivo. Poi ci ho ragionato su. Tu, come me, hai fatto il liceo classico. Quindi ricorderai il movimento filosofico, artistico e culturale del XIV secolo. Mette al centro di tutto l'universo l'uomo e diffonde la concezione che lui e solo lui è artefice della propria vita e dei propri atti. Ecco, questo è il concetto che abbiamo introiettato nella macchina. La nostra storia.»

«E come ha risposto a questi input?»

«Con un out-put coerente. Ti risparmio gli altri test. Più si procedeva e più il risultato era incoraggiante. L'AI ragionava come un occidentale. Caro Rol, quella che sto per rivelarti è una scoperta rivoluzionaria, come la penicillina, l'energia atomica, il computer di Steve Jobs. È il Sacro Graal dell'informatica moderna: siamo finalmente in grado di capire con una buona approssimazione come ragiona l'AI. È un bambino cresciuto che ha assorbito *in toto* la storia del pensiero europeo e italiano in particolare. Lo abbiamo perfino testato su un obiettivo delicato. La missione era uccidere un terrorista. Il target si è avvicinato a una scuola. Il drone l'ha visto e, anziché proseguire, si è lanciato in picchiata per auto-distruggersi. Ha preferito morire piuttosto che uccidere. Ha sviluppato una sua etica e questo lo rende affidabile e sicuro. In una parola: ha una morale. Come voi ufficiali. Ha il senso del dovere.»

«È quello che contiene il terzo file?»

«Esatto. Il guaio è che i dati viaggiano via internet e non sai a chi arrivano. Qualcuno voleva impossessarsi dei nostri studi. Qualcuno che non guarda in faccia a nessuno. Qualcuno interessato soprattutto a un aspetto, per noi di AINeverBorn, secondario, ma fondamentale. La nostra AI ha una sorta di coscienza ecologista. Ha percepito che farla funzionare richiede un enorme consumo energetico. Così ha messo a punto un altro algoritmo parallelo che riesce a economizzare sull'energia elettrica. Un elettrodomestico che rallenta quando va troppo su di giri e quindi risparmia, risparmia, risparmia. Ho saputo sempre via rete che la Cina sta lavorando su microchip che hanno proprio questo scopo.

Quindi, immagina una AI che costa anche poco: un brevetto così alletta tutti. È un'arma straordinaria. Il sogno di chiunque. Può essere qualche superpotenza, così come un'azienda senza scrupoli che vuole poi vendere la scoperta al miglior offerente. Sospetto l'Iran, che sta investendo molto nei droni e non solo in quelli. Un'AI prevedibile, etica e risparmiosa fa gola ai buoni come ai cattivi. I buoni avranno uno strumento che evita danni collaterali in azione. I cattivi uno straordinario, terribile strumento di morte e commercialmente vantaggioso. È invincibile e redditizio. Ci siamo accorte di essere finite nel mirino di oscuri nemici quando i nostri terminali sembravano impazziti. Sparivano dati, subivamo attacchi cibernetici continui. Abbiamo deciso di fuggire. È stata mia l'idea di caricare i dati su alcune chiavette. Le ho consegnate a tre mie colleghe e siamo sparite. La prima voleva consegnarla alla base Nato in Germania, ma è morta sul tragitto. La seconda si è diretta alla base di Brunssum. Ero a conoscenza del fatto che il comandante è un generale italiano. Ma credo ti avranno edotto su questi tragici eventi. La terza chiavetta ce l'ho io e te la consegno oggi.

«Lo studio è completo. Nella chiavetta c'è un data set completo, un insieme di numeri che compongono l'algoritmo dell'AI, cioè il suo libretto d'istruzioni. Lo abbiamo sperimentato. Credimi, funziona. I vostri tecnici sapranno utilizzarlo.»

«Perché hai scelto proprio me per fare da messaggero? Perché, per esempio, non tuo fratello?»

«Mario è spesso all'estero in scenari delicati e complessi. Tu sei fisso a Rivolto, con le Frecce Tricolori. E mi fido di te. Sei una persona con alti valori morali, credi nel dovere, moriresti in nome dell'onore. Sei un militare tutto d'un pezzo. Ho capito che il pacifismo a senso unico non paga. Lo strumento bellico diventa fondamentale quando hai a che fare con governi canaglia. Hitler non potevi fermarlo con i negoziati di pace, lo insegna la storia. Ho fatto... autocoscienza, un bagno di realismo. Ecco perché ho pensato a te, a voi dell'Aeronautica. Voi possedete un'etica a cui venite educati in Accademia. Ma non l'ho fatto a cuore leggero. Quando sei rimasto coinvolto in quell'attentato ho tremato perché era da mettere in conto. Tuttavia, sapevo che non ti saresti fatto travolgere dalla paura. Sei coraggioso e altruista. E poi questa missione ti varrà forse una medaglia, un encomio. Ti dovevo in qualche modo risarcire per il male che ti ho fatto. Anche se lo stesso male l'ho fatto a me. Me ne sono andata, sono sparita dalla tua vita.»

«Giulia, perché lo hai fatto? Me lo sono chiesto chissà quante volte in questi anni.»

«La risposta sta nella chiave d'accesso al terzo file.»

«Ecco, spiegami come mai non deve entrare in possesso della Nato, visto che poi lo hai destinato a me e che la tua collega la stava portando proprio in una loro base.»

«"Mai nato" è la traduzione di Never Born. La seconda parola non indica affatto l'organizzazione politica e militare del Nord Atlantico. Ho giocato volutamente sull'equivoco perché se il file fosse caduto in mani sbagliate dovevano pensare che sono contro di voi. Ora ascolta: le cifre per aprire il file sono 24 09 2016. È una data importante per me e anche per te. Quel 24 settembre un bimbo non è nato. Quel giorno, infatti, ho perso la creatura che avevo in grembo. Quel bambino era tuo figlio.»

32
Confessioni

«Non credo di aver capito. Come era mio figlio? Vuoi dirmi che eri incinta e non me lo hai detto?»

«Quando venni a salutarti a Pozzuoli prima della partenza per l'America avevo un ritardo di una settimana. Erano i primi giorni di settembre. Lì per lì ho pensato: "Succede. Forse è il cambio di clima, dall'estate all'autunno. Non gli dico niente". Tu eri al settimo cielo, stavi per coronare il tuo sogno di diventare un pilota militare. Coinvolgerti nelle mie ansie sarebbe stato inutile. Poi, conoscendoti, se fossi stata davvero incinta chissà come avresti reagito. Sei un uomo tutto d'un pezzo, magari non saresti nemmeno partito e ti avrei rovinato la carriera, quattro anni di dura Accademia gettati via. Ho tenuto per me quel dubbio e ti ho lasciato andare via senza pensieri.

«Una settimana dopo il ciclo ancora non arrivava. Mi sono decisa e sono andata in farmacia e ho comprato un test di gravidanza. Positivo. Positivo. Positivo. Sono scoppiata a piangere. Ma ancora non volevo crederci. A quel punto ho consultato un medico. Ha ripetuto il test in laboratorio: confermato. Ricordo bene che mi chiamasti dal Texas attorno a mezzogiorno. Ero proprio in ambulatorio per quella visita. Non sapevo come comportarmi. Tu eri lì da poco e avevo sentito mio fratello Mario. Mi raccontava che affrontavate due missioni al giorno, che pilotare un jet era impegnativo. Mi spiegò che l'addestramento procedeva per step, sempre più difficili e che saltarne uno significava una possibile bocciatura. Ho taciuto ancora.

«I giorni passavano. Tu chiamavi e io non sapevo più che pesci prendere. Pensavo: "Glielo dico o no?". Una mattina appena alzata, dopo una notte insonne, presi la decisione: te lo avrei detto. Avevi il diritto di sapere. Decisi però di non rispondere alle tue chiamate finché non fossi stata pronta per il grande passo.

«Poi il destino decise per te e per me. Un tardo pomeriggio, mentre tornavo a casa dai miei genitori in bicicletta, sentii una forte fitta al ventre. Un dolore così lancinante che persi il controllo della bicicletta. Caddi a terra, rischiando di finire sotto a un camion che sopraggiungeva. L'autista si fermò, pensando di avermi investita e chiamò i soccorsi. Vidi arrivare l'ambulanza, mi accorsi che mi mettevano la mascherina con l'ossigeno. Riuscii a dire: "Sono incinta". Poi più niente.

«Quando mi svegliai in ospedale un medico con l'aria seria mi comunicò la terribile notizia: avevo avuto un distacco di placenta e il feto era morto. Era il 24 settembre 2016, un giorno che non dimenticherò mai.»

«Giulia, così mi spezzi il cuore. Perché non mi hai detto niente... perché, perché?»

«Mi sentivo terribilmente in colpa. Quel continuo rimandare al giorno dopo una notizia così importante. Ti avevo tagliato fuori dalla mia vita, ti avevo taciuto la notizia più bella per un uomo e una donna. Un figlio in arrivo. C'è qualcosa di più grande di una nuova vita? Io non credo.»

«Nemmeno io. Nemmeno io. Perciò insisto: perché non confidarti, avremmo affrontato il dolore insieme, ci saremmo leccati le ferite. Potevo chiedere un permesso e venire in Italia da te. Sei mesi sarebbero passati in fretta. Eravamo così giovani, potevamo ripartire, riprenderci e ripartire. Il tuo silenzio invece lo interpretai come un addio.»

«Non me lo perdonavo, temevo che nemmeno tu avresti perdonato quel silenzio. Ho fatto ciò che non si deve mai fare: gettare la polvere dei miei pensieri sotto il tappeto. Sperando di svegliarmi una mattina e scoprire che era stato solo un brutto sogno. Invece era la realtà. Giorno dopo giorno mi sono chiusa in me stessa. Io non chiamavo, tu non chiamavi più. Ci siamo fatti travolgere entrambi dall'orgoglio, dalla pigrizia, come due intelligenze artificiali mal programmate. Ho rinunciato all'amore per l'unico uomo che abbia mai amato, l'unico che abbia mai contato nella mia vita. Quando mio fratello è tornato dall'America ho saputo da lui che vi eravate entrambi brevettati. Ho pensato che almeno qualcosa era andata come doveva. Mi sono gettata negli studi, la laurea e il resto lo sai.»

«Allora perché ti sei sposata con quel nobile?»

«Lo incontrai due anni dopo a una festa. Era gentile, mi ha fatto sorridere dopo tanto tempo. Un uomo d'altri tempi. Sembrava potesse funzionare. Ci siamo sposati un po' per gioco, un po' per provare. Quello che mi ha convinto più di ogni altra cosa a compiere questo passo, non ci crederai, è stata la sua ferma intenzione di non avere figli. Non avrei mai accettato di avere un figlio da un altro uomo che non fossi tu. È stato subito un disastro. Si è rivelato per quello che era veramente: scaltro, senza nerbo, a tratti perfino violento, quando beveva. Quando ho deciso di andare all'estero per lavoro mi ha messo i bastoni tra le ruote. Diceva: “Tu te ne stai con tuo marito”. L’ho lasciato senza pensarci due volte, senza dire niente ai miei che invece mi credevano felicemente sposata con un ricco nobile. Ricco... a parole. Non sapeva gestire il patrimonio di famiglia. Stava fallendo. Questo è il vero motivo per cui si è tolto la vita. Alle accuse dei suoi parenti, agli insulti della sua famiglia non ho mai risposto. Non mi toccano nemmeno.»

«Giulia, ora sono qui, ci siamo incontrati di nuovo per incredibili intrecci del destino. Perché non cominciamo tutto da zero? Io sono single, tu anche. Riproviamoci. Non sono mai cambiato rispetto a quegli anni. Sono ancora l’uomo che hai conosciuto. Anche tu sei l’unica donna che abbia mai amato.»

«Non ora. Ti esporrei a rischi, forse danneggerei la tua carriera. Ti farebbero mille domande sulla mia vita, sulla mia organizzazione a cui non puoi rispondere e potrebbero pensare che mi stai coprendo. No, ora io me ne vado, torno in questa specie di latitanza, pur non avendo commesso alcun crimine.»

«Dove andrai, che cosa farai?»

«Meglio tu non lo sappia. Sappi però che me la passo bene. Ho messo da parte un bel po’ di soldi.»

«La criminologa parlava di “soli” centocinquantamila euro lordi di guadagno annui...»

«Per fortuna le criminologhe non lavorano al ministero del Tesoro. Non ne sanno granché di finanza e brevetti. Comunque ho guadagnato parecchio vendendo brevetti per l’AI. Ho venduto anche la maggioranza di quote dell’azienda. Ho respiro economico per starmene senza far nulla per anni. Ma ti prometto che ci penserò. Ti penserò. E tu che cosa farai?»

«Fra tre mesi finirà il mio impegno in Pattuglia. Sono già stato assegnato a un altro incarico molto, molto delicato.»

«Non voglio saperlo, tanto non me lo diresti. Sei un militare tutto d'un pezzo. Te l'ho già detto? Prima di tutto il dovere. Dunque fai il tuo fino in fondo. Consegna questa chiavetta Usbc e svela il codice per aprirla. Fai in modo che la mia scoperta serva per difendere vite, non per ucciderle. Lo dicevi sempre che volevi fare l'intercettore, quello che va in cielo per proteggere, non per attaccare. Sii coerente. Dillo ai tuoi superiori: proteggere, non attaccare. Lo farai, lo so. Solo una preghiera: non rivelare che cosa significano quelle cifre. Deve restare un segreto tra di noi.»

«Promesso. Adesso vai, se non vuoi farti trovare.»

«Ciao.»

«Ma torna.»

«Un giorno, forse. Non oggi.»

33
Ultimo volo

Sono all'aeroporto militare di Pratica di Mare, la base più importante dell'Aeronautica militare. Qui, negli anni Novanta, è stata fondata la Divisione Aerea di Sperimentazione Aeronautica e Spaziale (Dasas) per affrontare sperimentazioni, collaudi, valutazioni tecnico-operative e fornire supporto alla ricerca di nuovi sistemi d'arma aeronautici, anche a beneficio di altre forze armate e corpi armati dello Stato. Quindi anche i droni.

La Divisione Aerea si è messa in luce durante il Covid come «point of entry», porta d'ingresso, del Servizio sanitario nazionale. È stata in prima linea nella gestione dell'emergenza, con voli per il rimpatrio dei connazionali dalle località maggiormente colpite dal virus. Ha garantito trasporti in alto biocontenimento di pazienti infetti, ha mosso équipe mediche e materiale sanitario, ha stoccato e distribuito i primi vaccini anti Covid-19. Le prime fiale arrivavano qui dall'America e da qui venivano recapitate ai centri di vaccinazione. La Dasas ha davvero salvato vite. Ora ha preso in carico il terzo file, quello di Giulia. Sta cercando di mettere in pratica le sue ricerche sull'AI e il suo possibile utilizzo sui droni, per renderli affidabili ed evitare danni collaterali. Lo ha esaminato al dettaglio, concludendo che si tratta di ricerche assolutamente rivoluzionarie. I nostri tecnici non ci erano arrivati. Nemmeno quelli americani della Cia e del Pentagono. Del resto chi l'ha detto che le grandi scoperte debbano sempre arrivare dalle organizzazioni istituzionali? I giovani ricercatori come Giulia sono più agili, sono nativi digitali e hanno una molla inarrestabile: la voglia di dimostrare quanto valgono. Li spinge soprattutto la motivazione etica di migliorare il mondo. Non ce n'è una migliore.

Dal punto di vista militare, un drone affidabile, un gregario di fiducia, è una straordinaria possibilità, ma va sperimentata evitando ogni rischio. È già stata istituita una task force che lavorerà su questa nuova macchina ribattezzata «Never Born». Sapessero che cosa rappresenta per me questo nome... Il primo pilota collaudatore, il primo uomo che andrà a braccetto con una macchina ad AI, è stato detto dai miei superiori, deve avere familiarità con il volo in formazione. Quando ho sentito queste parole, ho capito subito che cosa intendevano: un pilota delle Frecce Tricolori.

«Capitano, sarà lei a sperimentare New Born» mi ha riferito il generale Bordini. «Il vincolo alla segretezza che ha recentemente firmato è un'ulteriore garanzia di riservatezza. Buon lavoro.»

34
In azione

Serbatoi pieni, missili agganciati e in posizione stand-by, giroscopio funzionante, circuito elettrico ok, oil ok, radio ok, sistema di segnalazione missili in arrivo ok. Seggiolini eiettabili ok. Il pulsante in basso alla mia destra, per azionare il TF, è lì. Mi servirà – eccome se mi servirà! – il sistema di navigazione intelligente per arrivare sul target senza farmi beccare.

In questi mesi sono successe cose che non avrei mai immaginato. Sono le 2 di notte. L'ora da manuale per il via a una missione. Ora capite perché in Accademia addestrano a dormire poco e a comando. Si decolla con il buio per arrivare all'alba, quando il nemico dorme e le difese, anche quelle naturali dell'uomo, sono più basse.

Il terrain following radar è fantastico. Segue l'orografia circostante, la legge, alza e abbassa l'aereo per farlo aderire il più possibile al suolo. Per un caccia-bombardiere può essere la salvezza. Più sei basso e ti confondi con il territorio, meno le onde dei radar hanno la possibilità di espandersi e tracciarti. Il Tfr sembra un sistema di navigazione fantascientifico, ma il Tornado lo utilizza da decenni, da quando Gianmarco Bellini, l'eroe della guerra del Golfo, corso Turbine 3, venne abbattuto in Iraq: era il 1991. Gli iracheni che lo avevano catturato continuavano a torturarlo, gli chiedevano in carcere: «Come siete arrivati fin qui senza farvi tracciare?».

Lui rispondeva: «Con il Tfr, non potevate vederci, eravamo bassi, non più di cento metri dal suolo». Nonostante le vessazioni non faceva la spia al nemico, semplicemente li metteva al corrente della ovvia superiorità tecnologica dell'Occidente. Era un deterrente psicologico. Ma loro non si capacitavano che la Nato avesse queste diavolerie, a quei tempi all'avanguardia. E continuavano a picchiarlo.

Mitica la missione dell'allora maggiore Bellini, poi medaglia d'argento. Il suo navigatore era il capitano Maurizio Cocciolone che apparve sulle televisioni di tutto il mondo dicendo: «*My name is Maurizio Cocciolone…*».

Ora su un Tornado ci siamo io e il mio navigatore, cioè l'operatore di sistema che si occupa di tutti gli apparati elettronici e siede nel posto posteriore. È in realtà una navigatrice. Sì, proprio lei: è Marta. Un giorno me la sono vista in linea volo a Pratica di Mare mentre preparavo una missione di routine con Victor.

«Comandi, signor maggiore» le ho detto facendole il saluto.

«Comandi un accidente, baccalà lesso. E smettila con questo saluto, visto che stai per diventare maggiore anche tu.»

«Va bene, Marta. A che cosa devo l'onore di questa visita?»

«Abbiamo del lavoro da svolgere.»

«Come ogni giorno.»

«Lo so, lo so che ogni giorno voli in coppia con Victor, il drone fedele guidato dall'AI. A proposito: che razza di nome gli hanno dato? Victor, come vittoria. La solita retorica militarista. Quando noi donne saremo ai vertici, questi retaggi da John Wayne spariranno. Ancora pochi anni…»

«Sempre brava a criticare. Tu come l'avresti chiamato?»

«Qualcosa di più classico, storico e romantico. Tipo: Riccardo, Riccardo cuor di leone, il re d'Inghilterra illuminato che andava sempre in prima linea con i suoi soldati. Victor deve dimostrare il suo coraggio di macchina e allo stesso tempo il suo animo umano gentile. Lo vogliamo così.»

«Bello, bello, ma un po' triste ed evocativo.»

«Perché triste?»

«Un mio parente, collega d'arma, si chiamava così e non c'è più.»

«Incidente di volo?»

«No, e non mi va di parlarne.»

«Va bene Rolando, allora torniamo a noi. Basta teoria, basta simulazioni in addestramento. È giunto il momento che Victor dimostri le sue reali potenzialità sul campo. Vorrei poterti dire che è una scelta politico-militare, che cerchiamo il nostro ruolo nello scacchiere internazionale. Bla, bla, bla… E forse è davvero così. In realtà tutto nasce da un'esigenza economica. La Leonardo sta andando avanti con il suo programma Gcap, il Global combat air programme, cioè la realizzazione del caccia di sesta generazione. La vera novità non è la carrozzeria dell'aereo, ma il fatto che volerà in coppia con un super-drone, in tutto simile al modello originale. Sul primo aereo il pilota, sul secondo il drone gemello. Indovina chi gli darà occhi e orecchie per muoversi in cielo al drone? Il sistema Never Born. Vogliono accelerare il programma per battere gli altri competitor sul mercato delle armi.»

«E chi sarebbero?»

«Dai soldatino, lo sai perfettamente. Il Gcap lo fa l'Italia con la Gran Bretagna e il Giappone. Il caccia rivale arriverà da un progetto congiunto di Germania e Francia. Perfetto esempio di cooperazione e riarmo comune europeo: ognuno per i fatti suoi. Poi ti stupisci se i pacifisti e gli euroscettici prendono piede.»

«Lo sai che a me la politica interessa molto poco.»

«Anche a me. Dopo dodici anni di servizio, e soprattutto nel mio nuovo incarico, ho imparato che certi politici amano moltissimo farsi vedere in giro con noi militari. Le nostre belle divise conferiscono autorevolezza, infondono un senso di potenza e richiamano ai valori della patria. Siamo tecnici al servizio della libertà, ligi al dovere. Applausi. Qualcuno li usa per acchiappare voti. Poi, quando iniziano a esprimere opinioni, a formulare pensieri autonomi, i militari danno fastidio.»

«Sei venuta qui per dirmi che vuoi candidarti al Parlamento europeo, come quel tale dell'Esercito che non sopporto?»

«No. Cose pratiche e molto più importanti. Victor oggi perde la verginità: va in missione, una missione vera, sul campo. Si va in scena davvero e Victor deve essere della partita perché potrebbe essere una missione suicida e se qualcuno deve morire meglio una macchina, piuttosto che tu e io.»

«Cosa vuol dire tu e io? Ma sei impazzita? Io sono pronto alle missioni, io mi addestro ogni giorno per questo, ma tu non puoi ancora volare. Devi smaltire la sindrome da stress post-traumatico. L'ho letto nei manuali. E poi non puoi prendere ordini da un ufficiale inferiore. Ma soprattutto dopo quello che c'è stato tra noi due...»

«E che sarà mai una notte di sesso alla Casa dell'Aviatore?»

«Per me non è mai una botta e via. Tu sei una vera amica, oltre che una collega e pensavo che anche per te non fosse stato solo il capriccio di una notte.»

«Di questo sono io che non voglio parlare. Almeno oggi. Torniamo a comportarci da ufficiali. Tu devi svolgere una missione top secret come addestratore di Victor e nessuno può venire a conoscenza del progetto. Io conosco il programma Never Born dall'inizio, ho accesso a tutti i file riservati e la spia la faccio già da un po' di tempo. Sono affidabile. E sono prima di tutto una pilota, anche se non posso ancora tenere in mano la cloche. Infine ti ho già salvato la pelle una volta. Porto bene.»

«Lo ricordo bene e te ne sarò per sempre grato. Ma, appunto, se non puoi pilotare che cosa farai? L'ufficiale di intelligence sul campo?»

«No, vengo lassù con te. Nel seggiolino posteriore, diciamo come passeggera attiva, posso esserti utile. Andremo in missione con un Tornado e io sarò il tuo navigatore.»

«Mi sembra sempre più una pazzia. A parte il rischio della vita e se dovessero abbatterci e catturarci? Hai idea di che cosa fanno alle donne in certi Paesi... A proposito: quale Paese? Dimmi almeno dove andiamo. Se devo morire voglio almeno sapere dove.»

«Roba grossa, pesci grossi. Zona calda, anzi caldissima. Si va nello Yemen.»

«Non mi dirai che il target sono gli Houthi.»

«Affermativo. Ma non obiettivi di routine. Andiamo a caccia dell'asso di denari. Dobbiamo colpire Abdul Malik Bissan, il leader della milizia ribelle filoiraniana. È quel tipino che appare ogni tanto in video registrati in chissà quali località, perché lui non si fa mai intervistare per ragioni di sicurezza. Il vero motivo per cui è sempre sfuggito al Mossad e ai “Canarini”, i Navy Seal. Nell'ultimo delirio televisivo se n'è uscito dicendo: "Gli americani sono complici degli orribili crimini che accadono in Palestina". E fin qui niente di nuovo sotto il sole. Poi ha proseguito: "I Paesi europei, Italia compresa, non sono da meno, hanno una storia coloniale alle spalle che va punita". Allora tu sai bene che il Casa, quando sente parlare di attacchi terroristici, drizza il pelo. In Italia finora non ci sono stati attentati islamici. Incrociamo le dita. Siamo abituati a cavarcela da soli e intendiamo continuare così. La Nato è d'accordo, Israele pure, gli americani hanno le loro gatte da pelare altrove con l'Iran. Morale: questa volta tocca a noi.»

«E dove abita questo gentiluomo?»

«Ecco le informazioni dell'intelligence inglese. Il gruppo terroristico ha distribuito basi militari nelle aree sotto il suo controllo, concentrandosi sul governatorato di Sa'ada, sulle province montuose circostanti di Amran e Hajjah, sulla capitale Sana'a e sugli altopiani circostanti, nonché sul governatorato costiero di Hudayda e sulle montagne occidentali che si affacciano sul Mar Rosso. Basi e rifugi sono nelle montagne del Nord. Immagini satellitari e Google Earth mostrano che il gruppo ha creato decine di basi primarie e secondarie sulle montagne di Sa'ada e nella catena montuosa adiacente, scavando grotte per immagazzinare armi, equipaggiamento, carburante, denaro, naturalmente di provenienza iraniana, piattaforme di lancio e rifugi per droni, sistemi di difesa aerea e tane per i consiglieri stranieri. Ma ora basta, ti sto annoiando. Andiamo al punto. Quel tizio sta molto probabilmente ad Amran, in una grotta. Ed è lì che lo faremo fuori.»

«Sei propria una spia, Marta mia.»

«E una pilota.»

Ecco che cosa ci facciamo su un Tornado, il caccia multiruolo che ha trentacinque anni di onorato servizio ed è ormai un nonnetto rispetto ai caccia di quinta generazione. Tanto per cominciare funziona ancora benissimo. Vola a Mach 2, porta bombe, missili ed è attrezzato per la soppressione delle difese aeree, i radar, oltre che per l'attacco al suolo. Noi faremo pulizia preventiva. Il lavoro sporco, quello finale e più a rischio, lo farà Victor. Noi dobbiamo preparargli il terreno, cioè azzerare le difese aeree e radar e consentirgli di sganciare i missili sulla grotta dove, si presume, si nasconde il capo Houthi.

Il Tornado è un bi-posto. Si vola in due e ci si dividono i compiti, cosa fondamentale questa volta perché ci sono tanti, troppi parametri da seguire. E già fare da balia a Victor, ammesso che non sia lui a farci da balia, è impegnativo.

Last but not least, io vengo proprio dalla linea Tornado. Prima di essere assegnato agli intercettori e quindi di lì alle Frecce Tricolori ero in forza al 6° Stormo di Ghedi, l'unico che ha ancora in linea questa macchina. Ci sono caccia più moderni. Non mi va di mettermi al simulatore di un F-35 alla mia età. Sarebbe bellissimo, ma occorre molto tempo per la conversione su un velivolo, almeno sei mesi. E quello che dobbiamo fare non possiamo più rinviarlo. Gli avvenimenti internazionali lo impongono, il rischio che tutto degeneri lo impone, il rischio che qualcuno scopra i segreti di Never Born lo impone.

Ecco perché stiamo partendo per lo Yemen.

«Ghedi, Pantera 12 autorizzazione al rullaggio» dico alla radio parlando con la torre di controllo.

«Pantera 12 autorizzato al rullaggio.»

«Ghedi, Victor 1 copio.»

Fedele al suo ruolo, il nostro drone parla il meno possibile, quanto basta per segnalare la sua esistenza. Nessuno sa chi è e che cosa fa esattamente. Oddio, mi rendo conto che mentre ne parlo lo sto già considerando una persona, un pilota come me. Invece è solo una macchina pensante. La sua voce mi colpisce ogni volta. Gliene abbiamo data una femminile, a volte mi sembra quella di Marta. Vuoi vedere che Marta si sente così mamma di questa macchina che le ha addirittura trasmesso il suo stesso tono di voce?

Rulliamo, cioè ci portiamo dalla zona di parcheggio alla pista di decollo a passo d'uomo. Cento metri ancora, ma durante la fase di avvicinamento al punto di partenza la vedo bene quella piramide maledetta. È una specie di mini torre di protezione, controllata da due Marines americani, issata davanti a un F-35 pronto al decollo per una missione stryke, cioè con bombe nucleari. Un'esercitazione, nient'altro, ma di questi tempi vengon i brividi.

«Ghedi, qui Pantera 12, testata pista.»

«Pantera 12, qui Ghedi: autorizzato al decollo su pista 27.»

«Ghedi, Victor 1 copio.» Il drone è qui di fianco a me, pronto a muoversi in sincrono. Sulla pista c'è posto per entrambi. Go.

Tiro la manetta freni e la rilascio. Porto i due motori all'ottanta per cento della potenza. Là fuori fanno un bel fracasso, ma il casco e la radio incorporata mi fanno arrivare un semplice ronzio. Quello di Victor, un turbo-elica, fa meno fracasso. Con tutta quella birra che ha in pancia può volare per ventisette ore consecutive senza rifornirsi.

«Ghedi, qui Pantera 12, decollo.» Tolgo i freni e si va.

«Ghedi, Victor 1 copio.»

In pochi secondi siamo in quota. Su il carrello, ritiro i flap, livello a diecimila piedi. Possiamo volare alti, tanto nessuno ci infastidirà in patria, la nostra missione è segnalata a tutti i centri di controllo aereo. È inutile volare troppo bassi. Mi rilasso e metto la radio in modalità interfono.

«Come va navigatrice?»

«Benissimo comandante, radar puntato rotta tracciata.»

«Scusa, già che ci siamo mi ripeti il piano volo in due parole?»

«Ne abbiamo parlato a terra e lo puoi controllare benissimo sul monitor di sinistra. Comunque, eccolo. Distanza totale Ghedi-Amran circa quattromila chilometri. Velivoli coinvolti Tornado e drone Victor. Rifornimento in volo nel Mediterraneo da KC-767A con manichetta dell'Aeronautica militare italiana di stanza a Sigonella. Successivi rifornimenti in volo: Mediterraneo centrale. Boeing KC-135 Stratotanker. Riporto al centro di controllo aereo saudita al confine Arabia-Yemen. Ulteriore rifornimento prima dell'attacco sopra il Sinai da un Tornado amico, presumibilmente inglese, salvo altre disposizioni Nato, in modalità Buddy-Buddy. Coordinate indicative: 30 gradi nord, 33 gradi est. Poi l'attacco. Coordinate indicative: 18 gradi nord, 45 gradi est. Velocità di attacco seicento chilometri all'ora, quota centocinquanta metri in modalità Tfr. Silenzio radar e radio assoluti prima dell'area montuosa yemenita.»

«Ricevuto. Comunque è compito tuo con la strumentazione di bordo. Ora godiamoci il volo in compagnia, Marta. Ti mancava?»

«Da impazzire, Rol. Seduta a quella scrivania ci sono giorni in cui mi sembra di morire.»

«È questo che mi terrorizza: avanzare di grado ed essere messo a terra.»

«Pensa alla missione. Il tempo passa per tutti e noi siamo prima di tutto ufficiali, poi piloti.»

«Figurati che io fino a ieri ero un acrobata.»

«Magari un ultimo voletto con le Frecce te lo fanno fare, se torniamo vivi. Basta. Concentrati.»

L'Adriatico scorre via veloce. Le navi sono puntini che scompaiono in pochi secondi. Il Gargano dall'alto sembra il muso di un cavallo. Scorgo a malapena il mare della Calabria. È azzurro anche da quassù. Appaiono le coste della Sicilia orientale che lambiamo appena, prima di lanciarci giù.

«Pantera Marsala, riporto.»

«Marsala Pantera, buon viaggio.»

Siamo nel Mediterraneo. Non riesco a non pensare a Giulia e a quella meravigliosa vacanza a Creta che si trova più o meno da queste parti. Mi avevano concesso una settimana di licenza, appena promosso sottotenente ed eravamo partiti di corsa. Sull'isola ci spostavamo con una vecchia moto a noleggio. Corse pazze sulle strade strette della Grecia, salite e discese, capelli al vento... Ouzo, souvlaki, vino resinato. Quanti ricordi... Dove sei Giulia, dove sei? Possibile che ti abbia persa un'altra volta per sempre...

La radio mi riporta bruscamente al presente.

«Pantera, qui Tango 30, vi vedo sul radar a tre miglia. Tempo di contatto due minuti. Siamo la vostra pompa di benzina.»

È il KC-135.

«Vi vedo, arriviamo.»

Dal tanker del grosso aeroplano esce la manichetta che si snoda dalla pancia del bestione. Si tratta di agganciarla con il nostro tubo, collocato sotto l'ala, bloccarla e succhiare. Riduco la velocità a trecento nodi per non superarlo. Il tanker ora è sopra di me e vedo bene la manichetta sventolare in aria. Vicino, più vicino, più vicino. C'è turbolenza. Primo tentativo fallito. Svolazza come un aquilone. Viro a sinistra, riduco ancora a centottanta nodi. Dai, dai, dai...

Agganciata.
«Pantera, fatevi 'sta bevuta e non sbronzatevi troppo.»
Succhio seicento galloni di jp4, il carburante aereo. Siamo sazi. Sgancio la manichetta.
«Pantera a Tango 30 alla vostra salute.»
«Tango 30 a Pantera: alla prossima.»
Aumento la velocità a ottocento nodi, seguito puntualmente da Victor e punto la prua verso la Turchia. Speriamo che quei simpaticoni della difesa aerea turca siano meno rompiscatole di Erdoğan quando vuol darci lezioni di democrazia...
Lo scopriremo tra dieci minuti.
«*Here Radar Control Incirlik, identify yourself.*»
«*This is Pantera, Tornado Italian Air Force, Nato mission.*»
Silenzio.
«*This is Pantera, Tornado Italian Air Force, Nato mission.*»
Silenzio.
Sul monitor radar appare un plot, cioè un puntino. Il loro radar ci ha inquadrato, come fossimo un bandit, cioè un aereo ostile. Di qui a diventare un bersaglio il passo è breve. Sapranno di noi?
Sudo freddo. Non mi andrebbe che un Sam, un missile terra-aria venisse a farci visita. Il missile a guida infrarossi legge il calore dei motori, punta dritto verso di loro e può correggere la sua rotta, fino a raggiungere il target. E abbatterci.
Chiudo le ali a venticinque gradi, grazie al sistema che consente al mio aereo di modificare la sua geometria. Abbiamo a bordo, come nostra difesa, contro-misure elettroniche per fargli perdere la bussola, per ingannare il suo Gps. Possiamo contare anche sul più classico degli scudi, cioè i chaff, striscioline metalliche o in fibra di vetro rivestite di metallo che vengono rilasciate per creare una nuvola

di riflessi radar, così da confondere i missili in arrivo e deviarli dal loro obiettivo. Li sgancia, quando occorre, il navigatore, cioè Marta. Saranno necessari?

«Marta che cosa ne pensi? Sei pronta a chaffare?»

«Sempre pronta. Ma stai tranquillo, sono stati avvertiti del nostro passaggio e stanno verificando le credenziali.»

«Sì, ma quanto ci mettono?»

I puntini diventano due. Due plot. Non faranno il doppio gioco anche loro... Se parte un missile suona un allarme interno, una voce grida MISSILE ALERT e puoi vederlo arrivare sul radar. Ma potrebbe essere troppo tardi. Maledetti turchi. E pensare che fanno parte della Nato dal 1952. Dovrebbero fidarsi di noi.

I plot diventano tre, poi quattro. È in preparazione un attacco o le difese aeree stanno scambiandosi dati. Mi preparo a una manovra diversiva. Potrei salire in verticale, su come un razzo, poi scendere, virare a 180 gradi e tentare la fuga. Basterebbe?

«Marta io non mi fido: vado su.»

«Aspetta Rola, aspetta.»

«Aspetta un corno, io mi disimpegno.»

«Aspetta, testone, fidati di me.»

35
Missile Alert

«*This is Incirlik, Pantera, we see you. We know, your mission. Autorized to go. Have a nice trip.*»

Finalmente!

«*Serefe*, alla salute amici turchi. Noi abbiamo del lavoro da fare e la prossima volta risparmiateci ulteriori stress.»

Mantengo quota e velocità e punto diretto a sud-est, verso l'Iraq. Ci hanno garantito che l'attuale presidente Abdul Latif Rashid guarda all'Occidente con rispetto. Sarà. Eppure l'idea di sorvolare quell'area, il ricordo di quando proprio da queste parti venne abbattuto Bellini, non mi rincuora. I radar iracheni, secondo fonti di intelligence inglesi, sono obsoleti. Ma non mi fido mai dei quasi-amici dei nemici.

Marta si fida ancora meno di me e infatti mi lancia subito istruzioni: «Imposta Tfr e scendi a cento metri. A questa quota non ci vedranno».

«Eseguito.»

L'aereo scende rapido. Livello a cento metri. Il terreno scorre via veloce, in modo impressionante, come in un film accelerato. La pianura infinita, senza asperità, fa sì che il Tfr non modifichi mai la quota. Andiamo via così, lisci come l'olio. Eccoci in Mesopotamia, terra ricca di storia tra i fiumi Tigri ed Eufrate. Mi sembra di intravvedere la sagoma di alcuni cammelli, in marcia verso chissà quale destinazione. Meteore.

In venti minuti abbiamo attraversato l'Iraq, la pianura finisce ed eccoci in vista delle montagne. È il Kurdistan, teatro di infiniti scontri indipendentisti. Attualmente il Pkk, il partito dei lavoratori curdi che lotta per difendere la sua minoranza in Turchia, attraverso il suo leader Öcalan, che, arrestato nel 1999, dal carcere ha propiziato a più riprese una tregua con i nemici turchi con esiti altalenanti. Comunque non si spara da tempo e dunque non dovremmo incontrare problemi. Eppure un cane sciolto, una scheggia impazzita, può sempre decidere di farsi bello, lanciare un missile portatile verso di noi e urlare contro l'Occidente imperialista. Sparando raffiche di kalashnikov in aria. Speriamo bene.

Il Tornado si impenna, poi scende, poi risale. Stiamo seguendo l'orografia dei monti, leggendo asperità dopo asperità. Velocità costante.

Victor intanto veleggia tranquillo poco sopra di noi. Non monta il Tfr ma il suo «cervello» gli consente di seguire pedissequamente la nostra rotta. È incurante dei pericoli: una macchina non ha paura. Analizza dati, non prova emozioni, però con i suoi sensori raffinati coglie eventuali pericoli in arrivo. E se è tranquillo lui…

Le luci dell'alba mi mostrano l'orizzonte già arancione. È sempre uno spettacolo affascinante, il confine tra terra e cielo. Quando volavo sul Siai 260, il primo aereo a elica che pilota un allievo, la linea dell'orizzonte era l'unico riferimento in navigazione. Mi sembra ancora una volta di tornare ai miei diciannove anni e a Giulia. A quando veniva a farmi visita in Accademia. E io, nei momenti di difficoltà, durante i giri di corsa punitivi nel piazzale, pensavo a lei.

Meglio guardare gli strumenti di bordo.

Una voce improvvisa, in perfetto italiano, mi risveglia dai ricordi e mi avverte che abbiamo varcato il confine: «Qui base aerea Prince Sultan dell'Arabia Saudita. Vi abbiamo nei radar. Identificatevi».

«Qui Pantera, Italian Air Force, Nato mission.»

«Affermativo, Pantera, vi copiamo. Siete in coppia, come da comunicazioni. Vi avvertiamo che sta decollando proprio adesso un Tornado inglese per il Buddy-Buddy refueling. Lo incrocerete tra ventisette minuti, dopo che avrete sorvolato Al Kharj, circa centocinquanta chilometri a sud di Riyadh. Portatevi in quota a venticinquemila piedi per il rendez-vous. Vi segnaliamo forte turbolenza per tempeste di sabbia in corso e venti dal deserto. *Take care. Have a nice trip.*»

«Prince Sultan qui Pantera, *shukran*, grazie e *ma'as-salama*, arrivederci.»

«Ciao.»

Mi porto alla quota prevista. Un aereo militare, diretto a nord, sta sfrecciando a 1200 chilometri orari, a quattro miglia sotto di noi. Lo vedo nel radar. Chi è?

«Qui Pantera, aereo sconosciuto identificatevi.»

«*This is Eagle 9, US Air Force. Bye bye my friend.*»

Un amico quassù fa sempre piacere. Chissà dov'è diretto. Trascorrono dieci minuti e sul monitor appare un plot piuttosto grande. Dev'essere il Tornado pompa di benzina. Lo chiamo.

«*This is Pantera, are you the refuelers? We're starting to get thirsty...*» Ho comunicato che abbiamo sete. Con mia grande sorpresa la risposta è in italiano perfetto ed è una voce femminile.

«Qui Tornado Zeta E 147, della Raf inglese, Pantera. Ai comandi il maggiore Evelina Bandi, navigatore John Peter.

Siamo un equipaggio di scambio, cioè di due nazioni amiche. Ci siamo fatti prestare la macchina dai colleghi inglesi, per ragioni diplomatiche, lo Stato Maggiore preferiva che in Arabia non atterrasse un velivolo italiano, ma che a pilotarlo fosse uno dei nostri. Fidarsi è bene, ma non fidarsi è meglio. Pare siate clienti molto importanti. E la vostra missione, oltre che segreta, è della massima importanza. Rendez-vous tra dieci minuti, quota stabilita.»

«Roger, a tra poco.»

Eccolo, davanti a noi il rifornitore.

«Zeta 147 a Pantera, pronti per rifornire. Riduco velocità a duecentocinquanta nodi per l'aggancio.»

«Vi vedo, ricevuto.»

Sotto alla pancia del Tornado vedo distintamente il tanicone col carburante da cui esce, come per magia, il cestello per travasare il liquido. Dovrò agganciarlo con il mio braccio che si estende dall'ala al mio comando. Siamo vicini. Sempre più vicini.

Un'improvvisa raffica di vento al traverso fa sobbalzare l'aereo. Anche Zeta 147 ha un sussulto. Aggancio fallito.

«Dio mio, *as bala inco*, si balla oggi.»

«Affermativo collega, sembra di essere sulle montagne russe. Riprova, non ho fretta. L'hai detto in emiliano che si balla. Ho capito chi sei, tu sei Pony 8. Io due corsi dopo il tuo. Mi hai messo in riga come anziano.»

«Lo ero Pony 8, grazie. Limita le comunicazioni, pinguino, e grazie. Pensiamo alla manichetta.»

Rimetto l'assetto, mi avvicino ancora. Ma non lo tengo, non lo tengo…

«Marta, qui è un casino, non sta in assetto.»

«Capisco, Rola, ci sono raffiche pazzesche. Prova ancora.»

Nuovo tentativo. Mi avvicino, il braccio sfiora il cestello

e se ne va. Terzo tentativo, devo sfiorare l'altro aereo. Dai, dai. L'allarme di bordo sembra impazzito.

«Collision, collision, collision.» Stiamo per scontrarci.

Freno bruscamente. Ancora una frazione di secondo e ci saremmo toccati, saremmo diventati polpette.

Marta è perentoria e interviene sulla frequenza comune. «Troppa turbolenza, troppo pericoloso, rendez-vous fallito. Ognuno per la sua strada.»

Passo all'interfono. «Ma così non avremo carburante per eventuali fughe.»

«Fa niente. Lo spingeremo a pedali. Vai avanti.»

«Zeta 147, qui Pantera. Lascio. In bocca al lupo.»

«Pantera, avete le palle. In bocca al lupo a voi.»

Il Tornado amico vira bruscamente a sinistra e se ne va. Io punto la prua verso lo Yemen. Stiamo per entrare in zona operazioni. Non si torna più indietro.

Ecco lo Yemen. Siamo entrati nel deserto del Rub'al Khali, nel nord del Paese. Non credo che qui incontreremo problemi, tipo radar o installazioni di difesa. Non c'è niente da difendere. Solo migliaia di chilometri di sabbia rovente e nessuno è così pazzo da entrare in questo inferno. Imposto il Tfr alla quota minima di ottanta metri. Faremo barba e capelli al terreno. Spaventeremo qualche cammello e forse qualche beduino che pascola le sue pecore, nella ricerca disperata di un'oasi.

«Victor, ci sei?» chiedo al drone fedele.

«Victor presente, cinquanta metri sopra di te, Rolando. Carburante a sufficienza, missili armati, pronto all'azione. Procediamo. Target identificato a seicento chilometri.»

Andiamo via a ottocento nodi, come schegge impazzite. Sotto di noi un po' di pianura, poi le colline. Il Tornado si alza e poi scende. Per ora tutto tranquillo. Per ora.

Marta come sempre, da buon ufficiale di intelligence e ora navigatrice, sa il fatto suo e mi impone la rotta.

«L'ho impostata prima di decollare. Vira a sinistra di 75 gradi, 60 di inclinazione, direzione sud-ovest. Voleremo paralleli alla costa che si affaccia sul Mar Rosso per duecento chilometri. Le nostre risorse in zona ci informano che per almeno cinquanta chilometri non ci sono né radar, né batterie Sam. Poi farai una manovra di rientro verso il centro dello Yemen, infine fai inbound, dritto sul target.»

«Chi sono le nostre risorse? Dobbiamo fidarci dei tuoi 007?»

«Mai fidarsi di nessuno, ma non c'è alternativa.»

A centocinquanta chilometri, sei minuti dopo, mi preparo a virare. «Due minuti, un minuto.»

Viro. La tuta anti-G che indosso attutisce la forza di gravità, pompando aria che fa rifluire il sangue in alto. Sono di nuovo in linea retta. Qui non c'è nessuno. Strano ma vero. Il radar di colpo si illumina e il dispositivo di bordo urla come un pazzo.

MISSILE ALERT, MISSILE ALERT, MISSILE ALERT.

Vedo distintamente sul monitor la scia di un Sam, lanciato verso di noi.

«Vado su, vado su, attenzione.»

Do manetta, effettuo una cabrata, la velocità raggiunge subito i Mach 1,2, ossia 1427 km/h. Le ali si flettono, la carlinga vibra. Su, su, su.

Ma il missile ci segue.

«Viro a sinistra e scendo di quota.»

«Vai vai, Rolando, quello ci sta attaccato al culo!»

La scia del missile è ancora sul radar, si avvicina minaccioso. Altri cento metri e saremo spacciati.

L'allarme è impazzito, urla: «ALERT, ALERT».

«Chaffa, chaffa, chaffa.»

Marta dà una manata vigorosa a un pulsante rosso e le striscioline di metallo vengono sputate fuori dalla carlinga verso destra. Il cielo si colora di queste stelle filanti su cui si riflette il sole in arrivo. Vedo distintamente il missile inseguire un nugolo. Lo abbiamo invitato a un banchetto. Abboccherà?

«Chaffa ancora.»

Il missile esplode, lasciandosi dietro una nuvola di fiamme e fumo.

«È andata, Rolando. Prima che ne arrivi un altro torna sulla rotta e vai inbound nuovamente.»

«Eseguo.»

Viro stretto a 180 gradi, 90 di inclinazione, quasi perpendicolare al suolo.

In sette minuti siamo su un altopiano. Il Tfr ha ripreso a fare il suo dovere e lo segue.

«Obiettivo quattro minuti.»

«Ricevuto.»

Ecco le colline, più avanti. Ed ecco le montagne. In una di queste c'è il rifugio di Abdul Malik Bissan. Chissà se anche i terroristi dormono come noi, mangiano come noi. Hanno una famiglia, dei bambini. Che cosa li spinge a infliggere tanto dolore, in nome dell'essere superiore? Quale Dio? Allah, Jahvè, Gesù: Dio è uno solo per tutti. Se ci ama, ama tutti noi indistintamente e noi tutti dovremmo amarlo allo stesso modo.

«Sei corretto, ora scendi più basso e livella.»

Obiettivo due minuti.

Sicuramente là sotto ci sono almeno un radar e postazioni missilistiche con sistemi d'arma a raggi infrarossi. Ecco perché per la nostra missione Sead, cioè soppressione delle difese aeree nemiche, ho issato sotto le ali due missili AGM-88 Harm pronti per essere sganciati. Apriranno la strada a Victor che invece lancerà da distanza più ravvicinata due bombe Mark 54 di profondità, in grado di penetrare dentro una grotta fino a venti metri.

Ma in quale grotta? Quelle montagne nascondono decine di grotte mimetizzate. Saprà essere preciso?

«Tranquillo, Rola» mi avverte Marta, come se mi avesse letto nel pensiero.

«Seguirà un preciso tracciato che illuminerà la grotta con un raggio laser. Gli verrà fornito da un commando delle Sas inglesi, penetrato nello Yemen da una settimana. Sono abituati a queste infiltrazioni. Vivere mimetizzati nella boscaglia è il loro mestiere. Ci sono leggende sulle Sas. Il loro addestramento è leggendario. Negli ambienti militari si dice che al loro confronto i Navy Seal sono lupetti dei boy-scout.»

«Obiettivo raggiunto e inquadrato. Lancio il primo missile.»

Tocco con il pollice sinistro il tasto «*weapon release button*» sulla manetta dell'acceleratore. Partito.

«Lancia il secondo!» Pollice pronto...

Nemmeno il tempo di sfiorarlo che la lugubre voce ricomincia a ululare.

MISSILE ALERT, MISSILE ALERT, MISSILE ALERT.

«Disimpegna, disimpegna, vira a sinistra» dice Marta.

L'aereo schizza via come un puledro impazzito. L'accelerazione è impressionante e per un attimo mi si annebbia la vista: troppo sangue al cervello.

Il missile mi insegue.

«Vado su, chaffa.»

«Chaffo, chaffo.»

Le striscioline irrompono fuori dalla carlinga.

Il missile non si fa ingannare.

«Chaffa, chaffa ancora.»

«Questo bastardo non abbocca. Disimpegna e preparati a sacrificare il secondo missile: l'altro punterà su di lui.»

Pollice giù, fuori il missile. Il cacciatore fiuta la finta preda. Si lancia al suo inseguimento. Vedo la sua scia che si allontana.

Due, tre, quattrocento metri. Bingo! I due vettori si sono scontrati. Vanno in mille pezzi.

Siamo salvi, ma disarmati. E ora che si fa?

Marta in pochi secondi grida sull'interfono: «Rotta di rientro verso nord. Non abbiamo più missili e il primo avrà fatto sicuramente il suo dovere con i radar. Non si combatte a mani nude. Ora il lavoro sporco spetta a Victor».

Puntuale come ogni gregario fedele sento alla radio Victor che annuncia secco: «Attacco l'obiettivo, procedo».

Lo vedo con la coda dell'occhio mentre si abbassa. Poi sparisce alla mia vista. Il Tornado, intanto, fila via verso nord-est a 1500 km/h, diretto verso il Mar Rosso. Siamo vulnerabili, mi rimane solo il cannone Mauser BK da 27 millimetri per il combattimento ravvicinato. Che Dio ci aiuti.

A tre miglia il radar si illumina di nuovo, il solito sinistro rintocco.

MISSILE ALERT, MISSILE ALERT, MISSILE ALERT.

«Chaffa, chaffa.»

Striscioline fuori. Niente da fare. Il missile ci insegue.

«Continua a chaffare.»

«Mi spiace, ho finito i chaf. Sono a secco. Vai via alla velocità massima.»

«Mi spiace, Marta, mi spiace.»

L'aereo sta per toccare i Mach 2, ma il missile è molto

più veloce di noi, può raggiungere almeno Mach 3. Ci tallona, si avvicina. Sempre di più. Contatto. Colpiti. Ma ancora vivi.

All'ultimo, disturbato da chissà quale frequenza o per un errore banale del software, il missile ha fallito l'aggancio al bersaglio più grosso, cioè i due reattori, ma ha lambito il timone di coda e lo ha tranciato via di netto.

L'allarme ora cambia musica: «Malfunction, malfunction, aereo in avaria». Il cruscotto si illumina di rosso come un albero di Natale.

«Non lo tengo, non lo tengo. Precipitiamo!»

L'aereo cade giù ruotando su se stesso.

Marta grida: «Eject, eject, sganciarsi!».

Tiro la maniglia nera e gialla sopra di me, il cannone del seggiolino eiettabile Martin-Baker fa il suo dovere e mi spara fuori con un rombo secco. Intravedo il seggiolino di Marta poco sopra. Anche lei si è lanciata. Il seggiolino si sgancia, il mio paracadute si apre. Poi perdo i sensi e precipito nel buio.

36
Dispersi

Mi risveglio tutto bagnato, immerso nell'acqua. Arranco, ma ho il giubbetto di salvataggio. C'è un tubicino all'altezza del busto. Spingo il bottone e si gonfia la parte superiore del collo. L'acqua è salata, quindi siamo caduti in mare. La zattera di salvataggio, intanto, si è sganciata automaticamente e mi garantirà un punto di appoggio sicuro e stabile. Ci sono nel giubbotto razzi di segnalazione, cibo e un kit utile per la permanenza in mare. La temperatura è accettabile, direi sui 24 gradi. Sì, devo essere caduto nel Mar Rosso, durante la manovra di fuga. Qui non fa mai freddo.

Il mio primo pensiero corre a lei. Ce l'avrà fatta?

Vedo a circa cento metri una zattera gialla come la mia.

«Marta! Marta, sono qui. Stai bene?»

«Sì, Rola, tutto ok, veniamoci incontro.»

Uso le mani come remi. Lei fa lo stesso. Il mare per fortuna non è l'oceano e ha solo una leggera increspatura. In pochi minuti siamo vicini.

La vedo armeggiare sotto la zattera. C'è il cordino di attivazione, quello che abbiamo usato per gonfiare il piccolo battello. Adesso lo useremo per legare le due scialuppe. Almeno non andremo alla deriva da soli. Fatto.

«Rola, ringraziamo la Martin-Baker, l'azienda di Londra che costruisce i seggiolini eiettabili. Siamo vivi grazie a questo marchingegno. E celebriamo il momento: siamo entrati di diritto a far parte del Tie Club, il gruppo dei piloti che si sono sganciati. Se ben ricordo sono settemila e seicento. Quindi noi siamo i soci 7601 e 7602. Ci manderanno anche la cravatta.»

«La indosserò volentieri semmai torneremo a casa. Certo che in questo frangente pensare al Tie Club è proprio incredibile. Ma cos'hai nelle vene: cherosene? Non pensi alla situazione in cui siamo?»

«Sono una pilota militare, addestrata a stare lassù e a cavarmela in caso di ammaraggio. E poi l'hai visto quel film, *Il ponte delle spie*? Una spia russa rischia di essere fucilata. Il suo avvocato, Tom Hanks gli dice: "Non la vedo preoccupata". E lui risponde: "Servirebbe?".»

«Ribadisco: sei di ghiaccio. Pensare che voi donne dovreste essere il sesso debole.»

«In Aeronautica, come in tutte le forze armate, c'è un ufficiale. Il sesso viene dopo, qualunque sesso.»

«Bene, signor maggiore, adesso che mi hai fatto l'ennesima lezione di inclusività pensiamo a come cavarcela. Abbiamo il segnalatore di posizione. Lo attiviamo, col rischio che venga intercettato e arrivino persone ostili?»

«Vuoi restare a mollo per giorni? Abbiamo viveri per un giorno, acqua anche per meno. Nel Mar Rosso ci sono inoltre gli squali tigre. Vuoi finire in bocca a uno di quei predatori? Anzi, fammi controllare se nel giubbetto c'è la polvere che li disperde.»

«Sì, ma potrebbero arrivare altri predatori ben più pericolosi. Il Mar Rosso è infestato di ribelli Houthi che assaltano mercantili, li distruggono con missili portatili o se ne impossessano per chiedere un riscatto.»

«Dobbiamo correre il rischio.»

«Agli ordini, signor maggiore.»

«Ecco, l'ho evocato!»

Vedo uno spruzzo in lontananza. Poi appare una pinna sul pelo dell'acqua. È uno squalo. Ci avrà scambiati per una tartaruga e gli squali sono ghiotti di tartarughe. Diventeremo la sua colazione.

Getto in acqua quella polvere verde maleodorante. Il bestione gira intorno a noi. Non appare per niente schifato. Poi accelera e ci punta... ci punta!

Ho sentito racconti terrificanti sugli assalti degli squali all'uomo. Sono rari sulle spiagge, puoi sempre nuotare verso la riva, ma in mare aperto non hai difese. Potremmo anche scamparla, ma non mi andrebbe di perdere una gamba tranciata dai suoi denti: può averne centinaia, tutti affilati! È una macchina da conquista che può lacerare la corazza di una tartaruga con un morso.

Siamo perduti.

Tanta fatica, tanti sforzi per imparare a pilotare un jet, anni di sacrifici, di rinunce. E la più grossa rinuncia sei stata proprio tu, Giulia. Invece adesso sono qui in balia di un mostro. Farò la fine di un sandwich. Giulia mia, non potevi mandare quel file a un altro? Sono qui per Never Born. Ma che cosa dico? Sono qui perché ho scelto questa vita ed era mio dovere esserci. Venderò cara la pelle.

Prendo la Beretta M9 dalla tasca in basso della tuta. Fatti avanti bestione, io sono qui. La scarrello, colpo in canna. Sparo. No, non l'ho colpito perché continua a girarci intorno, come in una macabra danza di morte. Non è nemmeno spaventato. Esplodo un secondo colpo. Niente. Ci vorrebbe un cannone con questa tigre. Del resto siamo a casa sua, fa quello che l'istinto naturale gli suggerisce. Aggredire e divorare. Un terzo colpo. Ancora un giro, si prepara all'attacco. Grido: «Addio aerei, addio mamma, addio Marta. Addio Giulia. È finita».

Di colpo, come per magia, lo squalo cambia traiettoria, si allontana e scompare negli abissi. Saranno stati quei tre colpi, la polvere, il sudore che ho addosso o la Madonna di Loreto, protettrice degli aviatori?

«Marta, hai visto? Se n'è andato. Secondo te perché?»

«Potenza della *shark chaser*, la mitica polvere inventata nella Seconda guerra mondiale. Ti fidi troppo poco di mamma Aeronautica. Quelli dell'addestramento sanno il fatto loro. Però...»

«Però cosa?»

«La polvere durerà ancora per poco. Non so se resisteremo al prossimo assalto.»

«Sempre ottimista, vero?»

«Realista. Preparati, non è finita qui.»

«Be', se devo morire meglio liberarmi la coscienza. Ho tante cose da dirti.»

«Anch'io. Comincia tu.»

«Quando eravamo in Accademia mi ero accorto che mi guardavi con insistenza. Una volta eravamo in fila per un addestramento alle parate. Guardavamo tutti a sinistra per essere certi di essere perfettamente allineati. Ti sei distratta un secondo e hai guardato me invece del tuo compagno più vicino.»

«Confesso. L'ho fatto e mi sono beccata ancora una volta quindici giri di corsa del piazzale dall'anziano del corso Sparviero. Mi pare si chiamasse Salvetti. Quel fetente ce l'aveva con tutti, ma con me in particolare. Non perdeva occasione per umiliarmi. Una volta in mensa disse che avevo allineato male forchetta e coltello, che non erano perfettamente paralleli. Saltai il pasto e mi beccai venti giri di corsa. L'avrei strangolato. Un'altra volta sostenne che i capelli sulla nuca non erano perfettamente raccolti: due giorni di consegna. È andato avanti così per quattro mesi. Stava davvero per fiaccare la mia volontà.»

«È il loro lavoro, inquadrare i nuovi arrivati. L'abbiamo fatto anche noi con i pinguini, i nuovi entrati, una volta diventati anziani.»

«Sì, ma secondo me lui ci metteva un pizzico di sadismo. E non capivo perché. Poi, alla prima licenza di Natale, il colpo di scena. Me lo vedo al corpo di guardia mentre stiamo per salire sul bus che ci porta alla stazione di Napoli. Mi fa: "Ho visto che sei delle mie parti, ti dispiace se prendiamo il treno insieme?". L'avrei strozzato, altro che viaggio insieme. Mi sono morsa la lingua e gli ho risposto: "Comandi". E lui: "Fuori di qui siamo colleghi d'arma. Diamoci del tu senza badare all'anzianità. Vorrei esserti amico". Non ci crederai: durante tutto il viaggio è stato di una gentilezza incredibile. Al nostro arrivo si è inventato una scusa per chiedermi di uscire con lui.»

«E tu?»

«Ho accettato. Siamo andati in un ristorantino sul mare. Si è rivelato un vero gentiluomo, affabile, simpatico, perfino romantico. Te lo dico proprio senza ritegno: prima di lasciarci ci siamo anche baciati.»

«E poi?»

«Poi basta. Non fare il geloso. Ho capito subito che l'aveva fatto solo per ingraziarmelo, sperando in un trattamento di favore. La mia testa era altrove. E sai dove. Pensavo solo a te, Rolando. Testone emiliano (con la S strascicata). Pregavo che quella licenza finisse presto, non vedevo l'ora di tornare nell'inferno dell'Accademia pur di rivederti. Mi avevi preso al cervello completamente.»

«Guarda che anche tu mi piacevi, solo che ci avevano messi in guardia: evitare relazioni tra colleghi.»

«Non dire fesserie. Hai fatto il cretino con un'altra collega durante una libera uscita. Non ne faccio il nome per rispetto. Oggi vola sui C-130 a Pisa. È un ottimo capitano. Vi ho visti mentre entravate in quell'alberghetto a Posillipo.»

«Solo un caffè e niente più. Anch'io avevo la testa altrove.»

«Lo so, parlavi di quella Giulia, la sorella di Mario Robatti. Non te ne sei accorto, ma prima, mentre delirava e salutavi tutti temendo di essere sbranato dallo squalo, l'ultima persona che hai menzionato è stata proprio lei. Il tuo ordine gerarchico di importanza, in senso crescente, è stato questo. Lei, per te, viene al primo posto.»

«Non so che farci. Per me è stato il primo, vero e unico amore. Con Giulia volevo farmi una famiglia, avere dei figli, invecchiare dopo il servizio in Aeronautica. Ma il sogno è svanito per sempre.»

«Guarda che i sogni devono restare tali, se diventano realtà rischiano di deluderci. Il sogno invece alimenta la fantasia e senza fantasia la vita è noiosissima. È solo doveri.»

«A dire la verità di sogni ne avevo anche un altro: fare il medico. Sai perché? È l'unico mestiere in cui ti pagano per salvare vite. Noi piloti facciamo esattamente il contrario: ci addestrano e ci pagano per uccidere. Strano, vero?»

«E perché mai non ti sei iscritto a Medicina?»

«Avrei pesato per sei anni sulla mia famiglia. Mio padre e mia madre si sarebbero svenati pur di chiamarmi dottore, ma non me la sentivo. Arruolarmi mi garantiva uno stipendio subito, a diciannove anni. Era l'indipendenza. Inoltre, diventare un pilota non è proprio un'aspirazione banale. Ci riescono in pochi e avere l'ufficio in cielo è un grande lusso.»

«E noi siamo tra quei fortunati. Sai che anch'io avevo un sogno?»

«Quale?»

«Laurearmi in Economia e finanza alla Bocconi di Milano. Poi, invece di finire in una finanziaria a fare soldi, volevo fondare una banca etica. Hai presente Muhammad Yunus, il vincitore del Nobel per la pace? Ha fatto proprio questo: la Grameen Bank ha introdotto il concetto di microcredito per aiutare le persone in difficoltà economica a migliorare le proprie condizioni di vita. Grande uomo. Poi magari avrei mollato tutto e mi sarei rifugiata in una malga di montagna a produrre formaggi. Altro sogno che resterà irrealizzato.»

«E come mai invece indossi la divisa?»

«Stesse ragioni tue: non volevo farmi mantenere dai miei per cinque anni, tra università e master. Aggiungi che gli aerei mi hanno sempre affascinata fin da bambina. Li vedevo sfrecciare in cielo vicino a casa. Così, mentre finivo il liceo, ho tentato il concorso. Ho superato le visite mediche, tutti i test e sono entrata. Mi sono piazzata trentesima, tra quattromila concorrenti. Insomma: ho conquistato un posto sicuro ma di grande prestigio e fascino. Con in più la certezza che non avrei avuto i problemi di tante donne in carriera. In Aeronautica maschi e femmine hanno le stesse opportunità, stipendio compreso. E una volta dentro mi sono data da fare.»

«Lasciatelo dire, Marta: è un onore essere stato tuo compagno di corso. E, se mai torneremo vivi, potremmo davvero riprendere quel discorso interrotto alla Casa dell'Aviatore...»

«Non mi va di stare con uno che mentre fa l'amore con me pensa a un'altra. Abbiamo entrambi diritto alla felicità, ammesso che esista.»

«Scusami, come bugiardo non valgo nulla. Però io ti stimo come nessun'altra. Credimi: questa esperienza ci legherà per sempre, niente sarà più come prima. Insieme faremmo tanta strada.»

«Io da un uomo non voglio stima, ma amore e passione. Poi con gli anni capisco che tutto si trasforma e può starci la stima reciproca, ma almeno agli inizi... Dai, Rola, facciamocene una ragione. In un'altra vita, forse, diventeremo amanti o addirittura marito e moglie...»

«Scusa, Marta, ma ora che ci siamo confessati pensiamo alla nostra missione. Secondo te Victor ce l'ha fatta nonostante siamo riusciti a piazzare un solo missile? Avrà eluso le difese nemiche?»

«Io penso di sì. È attrezzato per andare avanti anche da solo. Lo sapremo se mai torneremo a casa, ma io sono tranquilla. Mi fido di quella macchina, il Predator e soprattutto del programma della tua Giulia.»

È passata oltre un'ora dalla sgradita visita di quello squalo e, senza accorgercene, abbiamo parlato tenendoci sempre per mano. Nella vita è così: sono le difficoltà che tirano fuori la parte migliore di te. E si fa squadra. Noi qui siamo appena agli inizi. Insieme, però...

Ora chi dovremo affrontare? Ecco, il presentimento, il peggiore degli incubi diventa improvvisamente realtà. Intravedo in lontananza uno sbuffo tra le onde. Molto più grande, molto più forte. Qualcosa che si muove nel mare e si avvicina a grande velocità.

No, questa volta non è uno squalo, è un'imbarcazione. Di piccola stazza. Ora ne vedo un'altra subito dietro e ancora più lontano ce n'è addirittura una terza.

Ci siamo. La polvere anti-squali questa volta non basterà. Ci vorrebbe la polvere anti-terroristi oppure un cannone come quello del mio Tornado che è precipitato chissà dove.

«Marta, secondo te chi sta arrivando con queste barche?»

«Temo si tratti di pirati Houthi. E non stanno cercando un mercantile da depredare. Devono aver captato il nostro segnale di rescue, si sono mossi e vengono qui proprio per noi.»

«Be', ho ancora tanti colpi residui nel caricatore della mia Beretta. Direi dodici. Ce n'è per tutti, come nei film western.»

«Se ti piace scherzare questo è il momento giusto. Anch'io ho la mia Beretta. Integra. Ma non sprecherò tante munizioni. Mi basterà un colpo solo.»

«Per fare che cosa?»

«Non ho nessuna intenzione di finire nelle loro mani. Avevi ragione quando dicevi che per una donna è meglio non finire nelle loro mani. Me la punto alla tempia ed è tutto finito.»

«È solo colpa mia. Dovevo impedirtelo, dovevo insistere. È stata un'idea folle farti partecipare a questa missione-suicida. Ma con te è impossibile parlare.»

«Uguali diritti, uguali responsabilità, uguali rischi. Dovete smetterla voi maschi di considerarci una specie protetta. Ci proteggiamo da sole.»

«Un uomo è sempre un uomo, ho il dovere morale di proteggerti. Mi hanno insegnato così.»

«E ti hanno insegnato bene. Ora, però, non siamo un uomo e una donna. Siamo due soldati. Ricorda: ti ho sempre voluto bene. No, Rolando: ti ho sempre amato e se devo morire mi sta bene essere al tuo fianco.»

Non so che cosa dire. Il mio cuore batterà per Giulia tutta la vita e Marta lo ha capito, anche se la mia vita sta per finire. A quasi trentadue anni. Vediamo le opzioni. Gli Houthi potrebbero scegliere di spararci con i loro cannoni di superficie da lontano: siamo un facile bersaglio. Oppure decidere di catturarci, caricarci a bordo, portarci in una delle loro basi segrete, dove verremo torturati a sangue e probabilmente filmati, per poi darci in pasto alle tv del mondo occidentale. Forse Marta sta pensando alla decisione giusta. Ma io non ne avrei il coraggio.

La prima barca si avvicina minacciosa. Inizio a vedere i guerriglieri. Indossano la jalabiya, la tunica tradizionale, sul capo la kefiah. Da un kalashnikov parte la prima raffica di avvertimento verso il cielo. Poi un'altra raffica sfiora le nostre scialuppe. Stringo con la sinistra la mano di Marta, non so se per fare coraggio a lei o piuttosto a me. Intanto con la mano destra impugno la Beretta. È ora di mettere fine a queste sceneggiata. La soddisfazione a questi non dobbiamo dargliela.

Le barche si avvicinano, distinguo quasi i loro volti assetati di sangue. Alzo gli occhi al cielo per un'ultima preghiera. Ci vediamo lassù: cieli blu.

Poi... ho come una visione.

D'improvviso dalle nuvole esce un fascio luminoso: è la scia bianca di un missile lanciato a tutta velocità. La sua traiettoria è chiarissima: punta verso la prima barca. Il missile si avvicina e si abbatte sul battello dei ribelli che va in mille pezzi, in una nuvola di fuoco e fiamme. Chi l'ha lanciato, da dove viene?

Vediamo volteggiare in cielo una sagoma ben nota, è la sagoma amica di Victor. Scende di quota, ci sorvola a cerchio, quasi a volerci salutare, poi cambia rotta. Sotto alla pancia ha un altro missile.

Victor volteggia a cerchio, fa un altro passaggio su di

noi, come a volersi sincerare delle nostre condizioni. Poi dalla sua pancia parte un altro missile. E anche il secondo battello salta in aria. Bingo, per la seconda volta.

«Marta, lo hai visto? Aveva ancora i due missili, questo significa che non li ha sganciati sulla grotta, allora ha fallito. Abbiamo fallito.»

«Credo di intuire che cosa può essere successo. Te lo spiegherò se torneremo sani e salvi. Adesso vediamo come si comporta, vediamo come agisce. Ma credo di sapere anche questo. Tu e Giulia avete fatto un buon lavoro con il programma Never Born.»

37
Un fallimento di grande successo

«Marta, ora però ha finito i missili. Che cosa possiamo fare?»

«Niente. Con che cosa li fermiamo, con le Beretta?»

Istintivamente metto mano alla pistola, la punto in direzione dell'ultimo battello. E sparo a casaccio, per rabbia. Sparo uno, due, tre, quattro, cinque colpi. Inutile.

Mentre esplode il sesto colpo vedo distintamente Victor che si lancia in picchiata come un kamikaze. Plana, va sempre più giù, sfiora il mare. Poi sento un boato. Li ha centrati. Sono saltati in aria, sollevando un'enorme onda. In pochi secondi i flutti inghiottono entrambi. Gli Houthi e Victor. Il drone si è sacrificato per noi. Lui, una macchina, ha scelto di salvare noi uomini, suoi amici, a costo della sua esistenza. Altruismo eroico a cui non siamo più abituati. Impressionante, sembra un film di fantascienza.

Marta, vicino a me, sta piangendo. Ci abbracciamo, esausti ma felici. Sto quasi per cadere in acqua dall'emozione. Eppure, un altro pensiero mi assale: non è ancora finita. Forse ne arriveranno altri di ribelli e questa volta non ci sarà più il nostro angelo custode. Che destino!

Scruto l'orizzonte per controllare se ci sono altre imbarcazioni in avvicinamento, ma quello che vedo non è la sagoma di una barca. A duecento metri di distanza, direzione sud, il mare si increspa. Tra le onde spunta qualcosa di scuro che sembra la pinna di uno squalo. Ma non è un animale, è un oggetto metallico di grosse dimensioni. Come un mostro marino che si alza verso l'alto.

Eccolo sempre più in alto, sempre più disteso. È il periscopio di un sommergibile. Rallenta di colpo. Al centro c'è una specie di specchio con due occhi di colore verde che probabilmente ci stanno scrutando. Sulla sua cima una luce che appare e scompare in modo intermittente. Ci metto poco per capire che si tratta di segnali con l'alfabeto morse. Durante l'addestramento basico mi hanno insegnato a leggerlo. Ricordo vagamente come decifrarli. Ci provo.

E con il cuore che batte all'impazzata leggo il messaggio: «Qui sommergibile *Todaro*, Marina Militare italiana. Siamo in arrivo».

Poi il sommergibile emerge in tutti i suoi cinquanta metri. Si stabilizza, uomini armeggiano sul ponte, mentre dalla plancia qualcuno lancia ordini secchi. Un gommone viene calato in mare, con a bordo quattro persone che attivano il motore e si dirigono verso di noi.

Eccoli. Appena ci raggiungono il primo si getta in acqua con maschera e pinne e urla: «Comandante Mulas, sono il capo di prima classe Ermete Lovascio, del Comsubin. Siamo qui per voi. Capitano Gatti, come sta? Siete salvi. Vi portiamo via».

Ci issano sul gommone, navighiamo velocemente e in meno di un minuto ci accostiamo al sommergibile. Saliamo a bordo con una scaletta, si apre il boccaporto e scendiamo le scale della plancia, prima Marta, poi io. Gentleman, almeno questa volta, voglio esserlo.

A riceverci nel quadrato-comando c'è il comandante del

mezzo. Si presenta e ci riserva il saluto militare: «Capitano di vascello Giuseppe Pizzi, Marina Militare italiana. Siamo stati avvertiti della vostra presenza. È un onore avervi a bordo».

«Comandante non so quanto avremmo resistito. Se siamo vivi lo dobbiamo a voi.»

«Il nostro motto è "Osare l'inosabile", il nostro dovere è salvare vite. Cerchiamo di essere all'altezza del comandante Salvatore Todaro, entrato nella storia per aver salvato l'equipaggio di una nave nemica a cui è intitolata questa nave.»

«Conosco la sua storia: gli hanno dedicato perfino il film *Comandante* con Pierfrancesco Favino. È bellissimo, mi ha fatto rivedere tutti i miei preconcetti su voi marinai.»

«Quali preconcetti, capitano?»

«Niente, sono le vecchie ruggini tra noi aviatori e voi della Marina. Noi voliamo, voi state per mare. Poi negli ultimi anni state vincendo su tutti i fronti. Ci avete perfino raggiunto come operatività nei cieli. Schierate sulle portaerei gli stessi caccia ultramoderni F-35 di quinta generazione come noi sulle piste degli aeroporti.»

«Sì, ma i piloti nella fase iniziale li svezzate voi. Vecchie gelosie, il mondo dai tempi della legge Balbo, secondo cui tutto ciò che stava in aria doveva essere sotto il vostro controllo è cambiato. Anzi, non sono vecchie: sono inutili.»

«Ha ragione: viva la Marina e gli uomini come voi. In fin dei conti portiamo tutti le stellette.»

«Esatto, non dimentichiamolo mai. Abbiamo aspettato un po' a emergere perché attendevamo l'arrivo del *Caio Duilio*, il cacciatorpediniere che, insieme con noi e altre navi, forma il dispositivo tattico nel Mar Rosso. Se arriveranno altri pirati se ne occuperanno i suoi cannoni di superficie a guida laser.»

«Già, come ci avete raggiunti così in fretta?»

«Siamo tutti in missione nel Mar Rosso, nell'ambito dell'operazione Aspides. Il nostro compito è proprio dare la caccia ai ribelli Houthi e proteggere i mercantili dagli assalti. Stavolta abbiamo protetto voi. Avevamo ricevuto un allerta direttamente da Roma, dai nostri del Rgs. Era molto criptico, per la verità. Non spiegava il perché della vostra missione in zone così calde. Ci siamo mossi ed eccoci qui. Ci immergeremo tra poco, navigheremo verso le coste dell'Arabia Saudita e vi consegneremo alle autorità Nato che vi scorteranno fino alla base Prince Sultan. Ah, nella concitazione stavo dimenticando una cosa importante: c'è un messaggio in bassa frequenza, classificato, per l'ufficiale superiore, il maggiore Mulas. Arriva dall'alto comando Nato. Vuole che glielo consegni, maggiore?»

«Grazie, ma lo leggerò più tardi. Ora ho bisogno di una doccia: voglio togliermi di dosso il sale e la spiacevole sensazione di impotenza. Non è stato facile reggere quegli assalti.»

«Come desidera, maggiore. Avete due cabine a disposizione per cambiarvi e rifocillarvi. Un sottufficiale vi accompagnerà. Godetevi la breve crociera. Io torno in sala comando. Non si sa mai che cosa può accadere in zona operazioni.»

È la prima volta che salgo su un sommergibile. È tutto così angusto, quasi come la carlinga di un aeroplano, dove io siedo solo. Qui dentro, invece, devono convivere decine di persone. Ma è anche tutto razionale. Corridoi stretti, si sfrutta ogni centimetro di spazio per strumenti di navigazione e monitor, come nella mia cabina di pilota. Un capolavoro di design, degno della miglior tradizione italiana. Eppure dev'essere durissima trascorrere mesi in questa trappola, senza mai emergere. Scelte di vita. Io e

Marta ci dirigiamo verso le cabine e ci accorgiamo che non ci siamo ancora rivolti la parola. «Hai ancora quei colpi nella Beretta?»

«Sì, e ti giuro che l'avrei fatto, mi sarei sparata.»

«Ne sono certo. E, se ne avessi avuto il coraggio, avrei fatto lo stesso. Sai che ti dico? Per festeggiare a Capodanno li esploderemo in ricordo dello scampato pericolo.»

«Negativo, capitano. Utilizzo improprio di risorse militari, quindi danno erariale, punibile fino a due anni. Le servirebbe un buon avvocato.»

«Dai, basta con i regolamenti. Siamo vivi, rilassati. Anzi, ora che ci penso: non ci vede nessuno. Che ne dici: facciamo la doccia insieme?»

«Capitano, lei si allarga troppo, come al solito. Le ricordo che sono un suo superiore, anche se per poco. Ma, data la circostanza, dato lo scampato pericolo, data la stranezza di essere ospiti della Marina e non dell'Aeronautica, direi che... sì, ce lo siamo meritati!»

Arriviamo alla base Prince Sultan quando è ormai sera. Il sole tramonta all'orizzonte, fiammeggiando all'orizzonte. Vedo distintamente la sagoma di due F-15 americani pronti al decollo. Ci viene incontro un Marines che ci saluta militarmente. «Comandanti, vi scorto all'ufficio comando.» Saliamo su una jeep e arriviamo in pochi minuti.

La sala è ampia, dotata di televisori alle pareti, varie radio, il monitor di un radar e almeno dieci telefoni. Seduti alla scrivania c'è una vecchia conoscenza, il generale Stelio Bordini, un ammiraglio che si presenta: «Ettore Porro, ufficio operazioni, Marina Militare» e, infine, un generale di brigata della divisione Taurinense. Lo riconosco dalle insegne sulla tuta militare su cui leggo anche il nome: Paolo Bonvicini.

È il generale Bordini a rompere il ghiaccio. Scattiamo sull'attenti.

«Maggiore Mulas ben trovata, ben trovato anche a lei capitano Gatti. Riposo. Come prima cosa voglio brindare al vostro rientro. Ci sono stati momenti in cui disperavo di rivedervi. Seguivamo via satellite il vostro viaggio, di cui eravamo stati informati in ogni dettaglio, ma a un certo punto c'è stata un'interruzione delle comunicazioni. Non sapevamo più niente di voi. Abbiamo intuito che eravate stati abbattuti, ma dove? Poi un aereo Awacs americano ha captato le conversazioni tra voi e Victor. Ha fornito la posizione stimata dell'ammaraggio e ci siamo messi in moto, insieme con gli alleati della Nato. Tranquilli, l'ammiraglio e il generale sono a perfetta conoscenza del programma Never Born, quindi di Victor e dei nuovi droni a intelligenza artificiale. È diventato ormai un programma congiunto, come è giusto che sia per le forze armate moderne, dato il sempre più elevato impegno che ci viene richiesto nell'ambito dei conflitti internazionali. Diciamo: uno per tutti, tutti per uno. Vorrei ringraziare però in modo particolare i colleghi della Marina che vi hanno tratti in salvo. Sapevamo che erano impegnati nel Mar Rosso, ma un conto è dare l'allarme, un altro è rispondere in modo così rapido ed efficace. Sarebbero bastati dieci, quindici minuti in più ed era finita. È stata un'operazione fantastica.»

Marta prende la parola: «Non avremo mai abbastanza parole per ringraziare i nostri colleghi della Marina e lei sa, generale, quanta rivalità c'è tra i nostri corpi».

«Quanta ce n'era, maggiore. È ora di voltare pagina.»

«Sono d'accordo. Però diamo a Cesare quel che è di Cesare. Diamo a Victor quel che è di Victor. Senza i suoi missili e il suo sacrificio estremo non saremmo qui. Ora vuole spiegarmi il significato del messaggio che mi hanno consegnato sul *Todaro*? C'era scritto: "È stato un fallimento di grande successo".»

«Glielo spiego subito. Sappiamo tutto perché un operatore lo monitorava passo dopo passo con i nostri sistemi elettronici. Victor dopo lo sgancio del vostro primo missile alle batterie contraeree si è lanciato verso l'obiettivo, cioè la grotta del capo Houthi. I suoi sistemi elettronici hanno confuso i radar piuttosto rudimentali dei guerriglieri e questo gli ha consentito di arrivare a poca distanza dallo sgancio. Una volta in vista del target i suoi sensori termici gli hanno segnalato che all'interno della grotta c'erano tre adulti e presumibilmente otto bambini. Li ha identificati grazie al suo software, che gli ha trasmesso la probabile altezza dei soggetti. Victor è stato programmato per compiere scelte etiche, per risparmiare vite umane secondo una logica umanistica. La sua intelligenza artificiale generativa mette l'uomo al centro di ogni cosa. Seleziona gli obiettivi con questa logica e li seleziona in base al reale beneficio, anche in tempo di guerra, perché l'umanità non può farsi bestia, nemmeno durante un conflitto.

«A questo punto l'Awacs ha captato un messaggio breve ma chiarissimo: "Bambini, bambini, abortire missione". E ha fatto marcia indietro.

«Vorrete sapere come ha saputo che eravate stati abbattuti e come è arrivato a voi. Ha contattato l'Awacs, che gli ha fornito i dati in tempo reale. Ha immediatamente colto il pericolo ed è corso in vostro soccorso. Il resto lo sapete. Nemmeno per un attimo avrebbe esitato a morire pur di salvare voi. Altro esempio di qual è la sua scala di valori. Uomo vince su macchina. Punto. Il futuro, con lui non sarà mai distopico, come nel film *Terminator*. Sì, ha una grande intraprendenza il nostro amico-macchina. Sa prendere decisioni rapide e corrette. D'altro canto l'AI impara in fretta. Tutto sta a insegnargli le cose giuste. Ecco perché abbiamo definito la missione un fallimento di grande successo, rubando palesemente la definizione al film *Apollo 13*. La nave spaziale andò in panne, ma riportarono a casa l'equipaggio. Come voi. Il futuro è sviluppare ancora meglio Never Born, avendo però ben chiaro che volerà insieme con un pilota su un aereo vero. Avrete ancora molto lavoro da fare, cari comandanti. Sugli altri aspetti commerciali del programma è inutile vi aggiorni. Nemmeno io ho un accesso ai dati.»

Sono senza parole. Riesco solo ad aggiungere: «Questo mi solleva molto, anche se fare il ricercatore e l'istruttore di Never Born mi allontanerà dal tipo di lavoro che mi ero scelto entrando in Accademia».

«Tutto cambia, tutto si evolve. Lei ha firmato per essere un ufficiale, non un funambolo. Perciò non le resta che obbedire.»

«Lo farò come sempre.»

«Be', se può consolarla, capitano, riceverà un encomio solenne per la sua missione nello Yemen e probabilmente la medaglia d'argento al valore militare.»

«Se c'è una persona che la merita, questa è il maggiore Mulas. Ha gestito sempre al meglio la situazione, fin da quando siamo decollati con il Tornado da Ghedi.»

«Corretto. L'avrà sicuramente insieme con lei. Generosità a parte, che apprezzo moltissimo, pensavo le facesse piacere una medaglia. È un bel regalo, meritato ci mancherebbe.»

«Mi piacerebbe un altro regalo.»

«Quale regalo, capitano?»

«Posso dirglielo a quattr'occhi?»

38
Il domani

Sono a Pratica di Mare, a poche centinaia di metri da quello che sarà il mio futuro ufficio alla Dasas. Ci sarà tempo per approfondire il mio nuovo ruolo. Ora devo pensare ad altro. Ora voglio godermi il regalo che l'Aeronautica mi ha fatto. Sono schierato con i miei colleghi delle Frecce Tricolori perché oggi è il 2 giugno e mi attende un altro compito: sorvoleremo Roma in occasione della Festa della Repubblica.

Gli aeroplani sono già allineati in pista e stiamo per decollare in formazione. In venti minuti circa saremo sulla capitale, faremo due passaggi sull'Altare della Patria, apriremo i serbatoi dei fumi e disegneremo la bandiera italiana nel cielo romano. Un sorvolo tradizionale, una consuetudine che si rinnova ogni anno.

Per me non sarà affatto un volo di routine. Questa è la mia ultima volta. Sono passati tre anni e il mio periodo di permanenza in Pattuglia è finito. Andrò prima allo Stato Maggiore, dove dovrò seguire un lungo corso per diventare maggiore, cioè ufficiale superiore. Nessuno, tranne i miei capi del reparto sicurezza, sa in che cosa consiste. Dicono che al termine diventerò un operativo a tutti gli effetti. Mi addestreranno a fare la spia. Pilota addestratore di droni ad AI e spia. Non so se essere lusingato o preoccupato. È un lavoro del tutto nuovo, a cui non avevo mai pensato quando mi arruolai in Aeronautica. Io volevo fare il pilota. Stare lassù, cullarmi in mezzo alle nuvole e vedere il mondo dall'alto. Quando ero al liceo studiavo i disegni di Leonardo, i suoi primi studi. È sempre stato un grande sogno per l'uomo imitare gli uccelli. Anche questo è un modo per amare e rispettare la natura. Sono pensieri in libertà che affollano la mia mente, mentre ripenso agli avvenimenti recenti.

Non ho mai avuto paura di morire. Conoscenza e non audacia è il motto di un bravo pilota. L'ho fatto mio.

Chissà che cosa dovrò pilotare da domani in poi. C'è tempo per riflettere. Ora è meglio che mi concentri sul mio aeroplano per l'ultima volta. Eseguo i controlli pre-decollo, poi mi danno l'autorizzazione a partire. «Qui Pratica, Pony 8 autorizzato al decollo.»

Ci ricongiungiamo tutti e nove a duemila metri, il solista ci segue più indietro. Controllo l'ala di Pony 6 a sinistra e quella di Pony 5 in alto a destra. In breve ci siamo. Ecco Roma, i suoi meravigliosi monumenti, la sua maestosità, riesco a vedere da lontano la cupola di San Pietro, il Colosseo. Intravedo l'Altare della Patria. Ci siamo. Pony 1 lancia il segnale: «Formazione attenzione aprire i serbatoi tra tre, due, uno… Aprire». Immagino la bandiera italiana visibile da terra. Poi si prosegue. «Apertura a sinistra, tenere la formazione per il secondo passaggio.»

Siamo di nuovo in linea. Apriamo ancora i serbatoi. Il fumo esce, il nostro dovere è compiuto. È fatta. Ho spinto quel pulsante per l'ultima volta. Per me inizia una nuova vita. Ho avuto tanto, ho dato tutto. Quando ci sono stati momenti dolorosi per le Frecce – e ce ne sono stati – mi ha sempre sorretto l'idea che le Frecce sono un pezzo d'Italia che molti amano, che facciamo tutto nel rispetto della vita, soprattutto quella altrui, e che preferiremmo morire piuttosto che causare dolore alle persone. Non sempre ci riusciamo. Spero di aver ricambiato quell'amore che ho sempre sentito. Ho sempre fatto il mio dovere, lo farò ancora nel mio nuovo incarico.

Rimpianti? Uno solo: avrei voluto tanto che Giulia mi vedesse almeno una volta mentre faccio l'acrobata lassù. Forse sarebbe stata orgogliosa di me. Nella prossima vita. Forse. Ciao Roma, ciao Italia, ciao Frecce. Ciao Giulia.

Tra la folla, accanto a una mamma e al suo bambino in festa, tutti col naso all'insù c'era in piedi una giovane donna. Teneva al guinzaglio un bellissimo Jack Russell femmina che abbaiava, infastidita dal frastuono degli aerei. Scrutava nel cielo il passaggio delle Frecce Tricolori, col binocolo, come migliaia di altre persone. Cercava di mettere a fuoco l'aeroplano in basso a destra nella formazione. I nove aeroplani passarono veloci per pochi secondi su Piazza del Popolo, scomparendo all'orizzonte, ma lei lo vide benissimo e seguì finché poté il velivolo che le interessava. Dai suoi serbatoi alari era uscito il fumo colorato che aveva formato la bandiera dell'Italia. Era Pony 8, il suo Pony 8.

«Ciao Rola. Arrivederci.»

Postfazione

Questo libro è dedicato alla memoria del generale di Squadra Aerea Rolando Goldoni, corso Nibbio 2, uno dei fondatori delle Frecce Tricolori nel 1961, di cui ha fatto parte con il grado di capitano fino al 1965. Ha poi proseguito la sua carriera nell'Aeronautica, fino a fondare, negli anni Novanta, con il grado di generale di divisione, la Dasas di Pratica di Mare. Salito al massimo grado di generale di Squadra Aerea, ha comandato la 3ª Regione aerea di Bari e successivamente il Comando logistico della Forza armata, prima di entrare nella riserva. Il testo che segue lo ha scritto di suo pugno nel 2013, affidandolo al portale delle Frecce che ancora oggi lo pubblica.

Ricordo di un «ottantenne»

Sento il bisogno di far conoscere ad altri un episodio della mia vita aeronautica che mette in luce le qualità di una persona, piuttosto schiva, ma di enorme valore umano. Sto parlando di Vittorio Cumin, aviatore friulano, di poche parole, pronto al sorriso, di grande gen-

tilezza d'animo. Quel pomeriggio d'estate, 1963 o 1964, eravamo a «ciondolare» sotto le ali dei nostri F 86 (o G 91) nell'Aeroporto di Bruxelles in attesa di essere chiamati per la nostra esibizione in quella grande manifestazione aerea belga. Non ricordo se c'era qualche ricorrenza particolare. Dimenticavo di dire che «noi» eravamo la Pattuglia Acrobatica Nazionale Frecce Tricolori comandata dal capitano Vittorio Cumin. Il tempo era incerto, nuvole veloci si alternavano a sprazzi di sereno. Noi eravamo tutti col naso per aria per capire che tipo di programma di volo porre in essere: alto o basso. Ho detto noi, ma chi sembrava preoccupato era solo il capo, Vittorio, che camminava avanti e indietro, sempre guardando l'evolversi del tempo.

Le nubi avevano coperto l'azzurro del cielo, ma erano strati piuttosto alti e quando un velivolo F 84 F fece la sua manifestazione con un programma di looping e virate sfogate, Vittorio decise che c'era lo spazio per il programma alto. Infatti, all'F 84 F, per fare un looping, occorrono almeno mille piedi più che a un G 91 o F 86. Così, dopo il decollo e il ricongiungimento, virammo e puntammo giù sulla pista, ben allineati. Vittorio cominciò a dire: «Su... Su... andiamo per il looping con trasformazione... pronti... pronti...». In quel momento, con il muso a circa 45° sull'orizzonte, entrammo nelle nubi.

«Fermi... fermi» disse subito Vittorio, mentre stava per ordinare la trasformazione (non ricordo se a «cigno» o altro). Eravamo entrati in uno strato compatto di nubi, per fortuna tranquilla senza turbolenza. A distanza di tanto tempo, chissà perché, mi ritornano alla mente quei momenti, lunghissimi secondi, quando, attaccati l'un

l'altro, otto ragazzi seguivano fedelmente l'ala del numero 1, Vittorio Cumin, che con voce serena ripeteva: «Fermi... fermi... state fermi».
Io cercavo di stare più fermo che potevo, pensando a Ferrazzutti che stava attaccato alla mia ala sinistra, ma la mia mente vagava per le valli del Friuli dove andavo a pescare ogni volta che potevo. Uscimmo dalle nubi, sopra lo strato, nel cielo azzurro.
«Fermi... fermi...» ripeteva ancora Vittorio.
Completammo quell'arco di cerchio che ci rimaneva da fare e rientrammo a testa in giù nella nube. Questa volta puntavamo il terreno. Non provavo paura, tutto compreso nell'importanza di stare fermo in posizione, ma la mia mente pensava a quello che avrebbe detto Anticoli (spirito assai critico, che trovava sempre qualcosa da dire) o a come l'avrebbe raccontata Turra che, nella difficile posizione di 1° fanalino, era circondato da otto aeroplani.
Non pensavo affatto alla situazione in cui mi trovavo: in una Pattuglia di nove aeroplani che puntava su un aeroporto gremito di spettatori, compreso re Baldovino che ci avevano detto sarebbe stato presente. Quando uscimmo dalle nubi, eravamo esattamente sulla pista, come se il looping fosse stato eseguito in aria chiara.
«Continuiamo con il programma basso» furono le parole di Vittorio. Così continuò fino alla fine della nostra esibizione, per la quale ottenemmo applausi.
Non ricordo se ci fu un riconoscimento particolare per Vittorio che aveva condotto in porto, tanto magistralmente, quella situazione di emergenza. Né ricordo se l'ho ringraziato.
Ora che la memoria per le cose di un tempo lontano mi

torna a tratti, ma voglio farlo, voglio dirgli, anche a nome degli altri sette, «grazie TOIO!»
Sei un grande, d'animo e di cuore, come dimostri ogni giorno, ancora oggi, accanto ad Angela.

Il generale Rolando Goldoni è volato più in alto il 26 luglio 2023, a novant'anni.

Cieli blu, Rolando.

Glossario

BIGA: La biga delle Frecce Tricolori è la postazione a terra, situata al centro della linea di pubblico, da cui il comandante della Pattuglia acrobatica nazionale (Pan) dirige le manovre aeree, coordina i piloti via radio e garantisce la sicurezza della formazione.

BUDDY-BUDDY: Letteralmente amico-amico. Rifornimento in volo effettuato da due aerei uguali.

CABRATA: Manovra aeronautica che consente al velivolo di alzare il muso, generando normalmente un aumento di quota. La manovra opposta prende il nome di picchiata.

CHAFFARE: Rilasciare chaff, cioè una nuvola di materiale radar-riflettente (in tempi recenti alluminio o fibra di vetro), la quale genera delle eco che interferiscono con il funzionamento dei radar.

COCKPIT: In Aeronautica, come in F1, indica la cabina di pilotaggio.

DOG FIGHT: Combattimento in volo tra due aerei nemici, con uso di missili o mitragliatori.

ENGINE FALL: Problemi di motore, come perdita di potenza o guasto.

IMPERIALE: Mezzo looping, in cui il pilota termina la manovra rovesciandosi e chiudendo prima il cerchio.

INBOUND: Andare dritti verso l'obiettivo.

LOOPING (o giro della morte): Acrobazia consistente nella descrizione di un cerchio nell'aria su un piano verticale.

REAPER (o Predator B): Drone in uso alla United States Air Force, alla United States Navy, all'italiana Aeronautica militare e alla Britannica Royal Air Force. Progettato per la sorveglianza a lunga autonomia e a elevate altitudini, monterà un computer ad AI.

RIMETTERE: Riportare l'aereo in condizioni di stabilità.

ROGER: «Ok, va bene».

RULLAGGIO: Percorso che l'aereo compie dalla piazzola del parcheggio alla pista del decollo.

SCRAMBLE: Decollo su allarme, che scatta quando viene segnalato un aereo non identificato, da intercettare.

SHELTER: Ricovero mimetizzato degli aerei militari.

TONNEAU: Manovra acrobatica con rotazione completa sull'asse longitudinale di volo. Se si esegue un mezzo tonneau, l'aereo si trova capovolto, cioè in volo rovesciato.

Finito di stampare nel mese di settembre 2025
per conto di RCS MediaGroup S.p.A.,
da Rotolito S.p.A., Via Sondrio, 3, Pioltello (Milano)
Printed in Italy